Vincent

梵 高

〔荷兰〕芭芭拉·施托克 著
Barbara Stok

郭腾杰 译

著作权合同登记号　图字 01-2018-3312

Original title：Vincent
Copyright Text and Illustrations © 2012 by Barbara Stock
First published in 2012 by Nijgh & Van Ditmar，Amsterdam

图书在版编目(CIP)数据

梵高/(荷)芭芭拉·施托克著;郭腾杰译.
—北京:人民文学出版社,2018
（99图像小说）
ISBN 978-7-02-014385-6

Ⅰ.①梵… Ⅱ.①芭… ②郭… Ⅲ.①短篇小说-荷兰-现代　Ⅳ.①I563.45

中国版本图书馆CIP数据核字(2018)第127699号

责任编辑　甘　慧　杜玉花
装帧设计　高静芳

出版发行　人民文学出版社
社　　址　北京市朝内大街166号
邮政编码　100705
网　　址　http://www.rw-cn.com

印　　制　上海利丰雅高印刷有限公司
经　　销　全国新华书店等

字　　数　20千字
开　　本　720毫米×1000毫米　1/16
印　　张　9
版　　次　2018年10月北京第1版
印　　次　2018年10月第1次印刷

书　　号　978-7-02-014385-6
定　　价　68.00元

如有印装质量问题，请与本社图书销售中心调换。电话：010 - 65233595

亲爱的弟弟：

我为这里的风景感到十足的沉醉。今天上午，我画了一些带有数千黑树枝的李树。太阳照耀了所有的白花。一切是如此美丽！在这一片白皙中还有十分抢眼的黄色、带着蓝色和紫丁香色，而天空是又白又蓝。

我完全沉浸在工作中，因为我想尽可能多画些花朵盛开的果园。我现在干劲十足，而且我觉得这题材还要再画十幅才行。看在上帝的分儿上给我寄一些颜料吧！花季是那么的短暂。

我希望今年有所进展，这也是我迫切需要的。四块画布里，大概只有一幅可以继续画下去，但我希望可以和其他画家交换习作画。

你知道吗，亲爱的弟弟，这里的空气清新、色彩鲜艳，就像你在日本版画中看到的那样，不禁让我以为自己身在日本。

我毫不怀疑，我这趟南行之旅将会满载而归。

这里的空气对我的健康一定很有帮助；我真希望这些空气也能充满你的肺。

唯一美中不足的是，自从来这里后，我就不停地闹肚子。

唉，我得耐心点，迟早会适应的。

最重要的是，我的血液又开始涌动了，在巴黎完全不是这样的，那里我真的待不下去了。我很想在这里帮那些在巴黎拉车的苦力马——像是你和其他朋友，还有穷苦的印象派画家——兴建一座乡间农舍，让这些苦力马可以无忧地徜徉在青草地上。

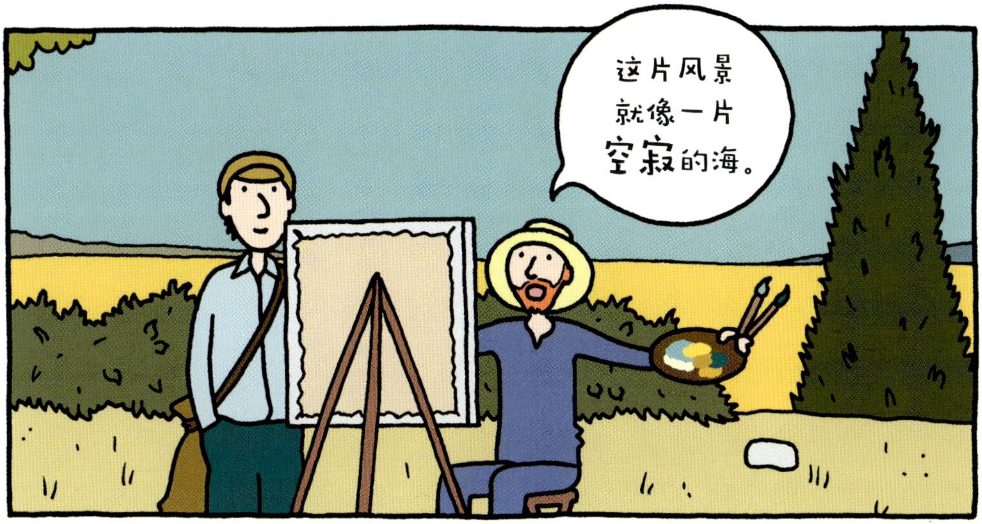
这片风景
就像一片
空寂的海。

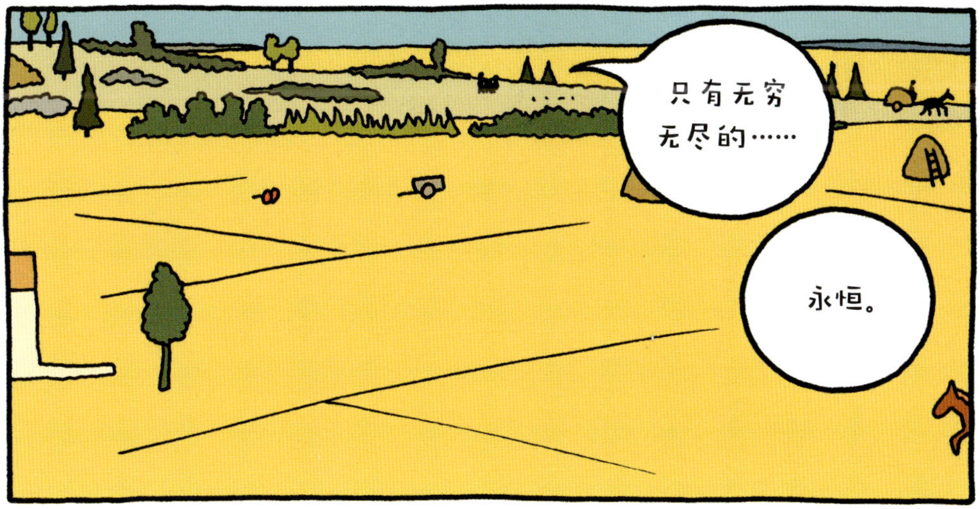
只有无穷
无尽的……
永恒。

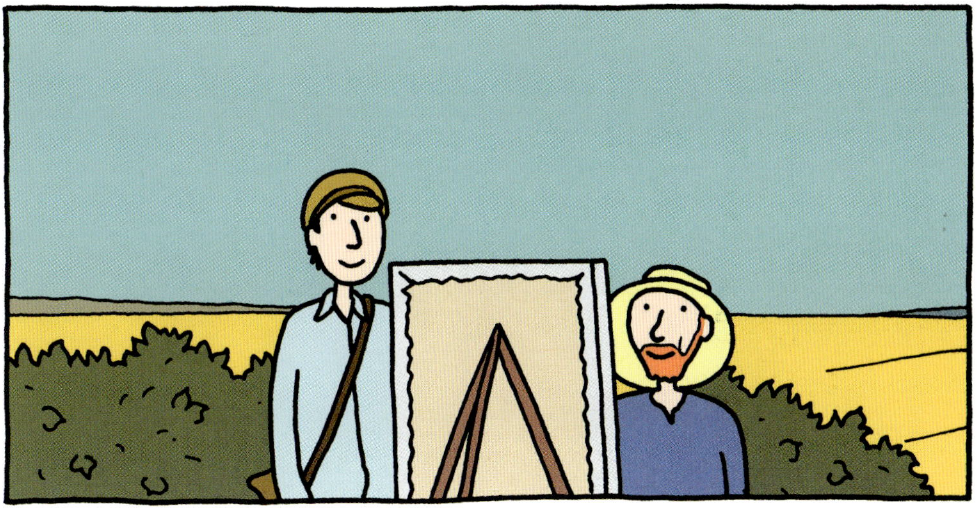

36

亲爱的提奥：

啊，我真希望你也看到了我这几天的所见所闻呀。

整天在野外作画真是让我筋疲力竭。这也是由于这里的阳光实在让人疲劳。和春天很不同。大地正在慢慢变得焦热，但这并不减少我对大自然的爱。所有东西都染上了一层老旧的金色、古铜色、青铜色，白闪闪的天空则带着湛蓝的绿色，带来丰富非凡的和谐色彩、破碎的色调，就像德拉克瓦的画一样。

我画了七幅麦田习作画。最后一幅画完全胜过其他六幅。我方歇未久，正有时间准备新的挑战，也就是画葡萄园。同时我还打算画海景画。

在新画布上该画些什么，我有成堆的想法，但我也愚蠢而诧异地发现钱包又见底了。我就这样花光了钱，而没赚回任何东西。我估计已经花了你一万五千法郎，这笔数字是这些年来你预先借垫给我的。我希望没有造成你沉重的负担。如果今年我能画出五十幅画，每幅卖一百法郎，我就能稍微安稳地呼吸了。但目前能公开示人的作品还不到一半，我早已深知人们会大肆批评这些急就章。我们得心里有数，印象派绘画要获得稳定的市值还需几年的时间。但我真的相信，我们终究会成功的。

期待很快相见。我眼帘沉重，快睡着啦。

文森特

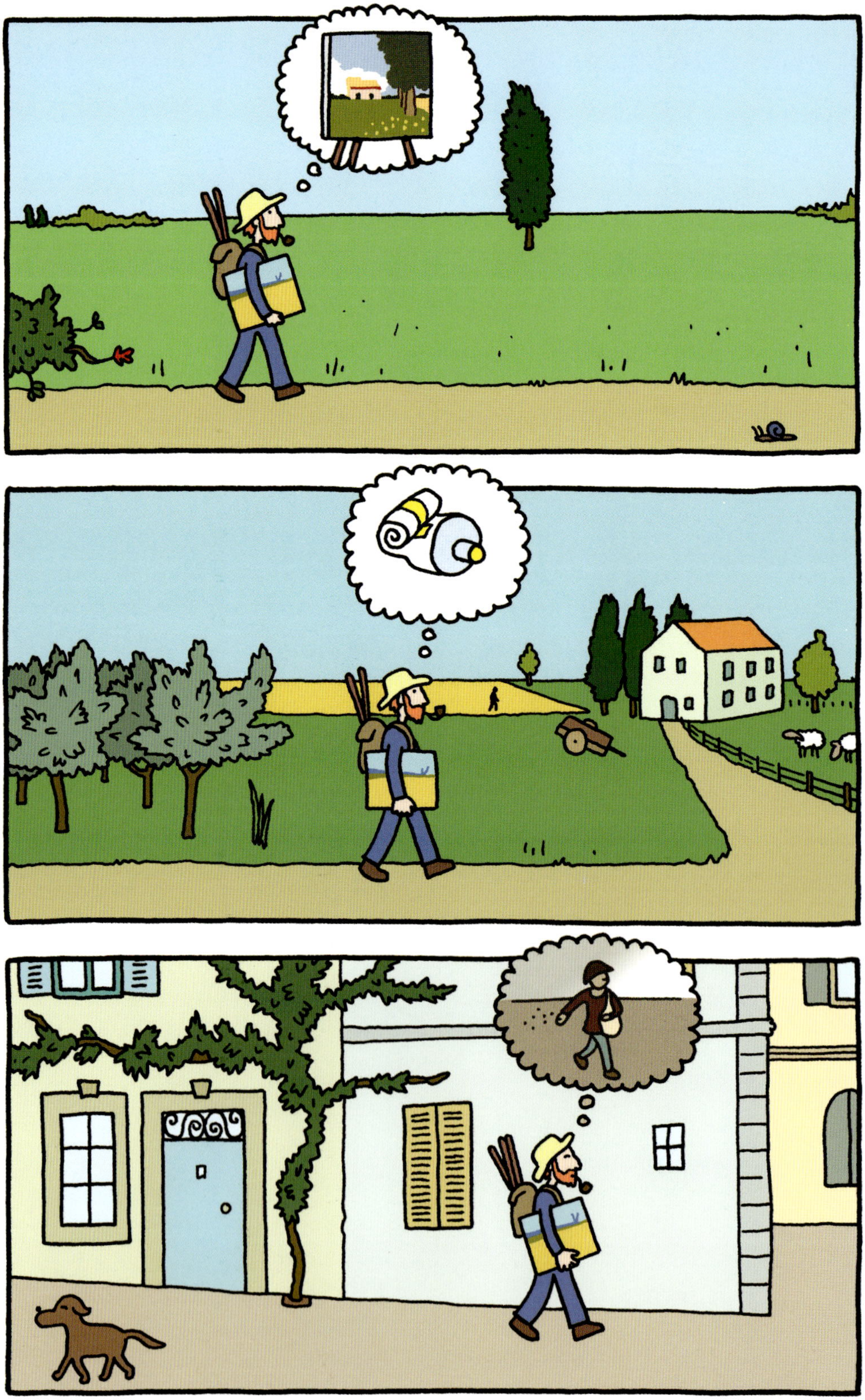

嘿文森特！
你弟弟又
来信了。
谢天谢地，
我可以马上去买
铬黄色颜料了。
它快用完了。
你刚完成
今天的
工作吗？
你不也
还在工作？
那是因为
我下午在酒吧
待久了些。
我可是
紧张得很哪，
那一刻随时就
要来临了。
会没事的。
前两次生产你太太
不也挺过来了？
那倒是，
那倒是。

我们都要**振作**起来啊!

亲爱的文森特:

非常感谢你寄来的信和画。当中有许多杰出的作品,简直就像从田野跃进画布中,非常惊人。你的画布……

非常有力,总有一天会打动人心的。目前

我在筹办一场克劳德·莫奈的画展。他今年春天在昂蒂布画了十幅风景画,每幅画都充满了光线和生命。

租金在此。

来得正好。

坚定地握手,

提奥

食宿的部分您积欠九十郎……
这给您。
……红酒的部分您还要支付六十七法郎。
六十七？怎么可能。
应该和上次一样四十法郎才对呀。
您要求比较好的红酒。所以贵了些。
那我就不够买新的颜料了。
我不能没有铬黄色。
那您就不该点高级红酒咯。
我只问了一次！就那么一次！
这是敲诈！
没人跟我说我喝的是比较贵的酒！

- 否则我早就搬出这烂旅馆了！
- 如果您再不冷静下来，我就要请您出去了。
- 可以！给我我的房间钥匙，我现在就去收拾东西。
- 事情不是这样办的。
- 您得先全额付清账款，才能拿回东西。
- 您以为我是外国人就可以剥削我！
- 但我可不像这里其他软蛋，他们只是舒舒服服来观光的。
- 我是辛勤工作的劳工！！

旅馆

我才不会被你剥削！！

我该怎么拿回我的东西呢？！？

我今晚能睡哪里？！

请给我一管铬黄色颜料。

卖完了。

不会吧！

我这儿还有红色的。

怎么会发生这种事！！！

而且就在天气最好的时候!!

噢噢噢啊咋!

出租

出租

> 一周十七法郎。
>
> 十三。
>
> 十六。

亲爱的提奥：

    从星期二起，我租了一整栋有四个房间的房子。外墙漆成黄色，正对着阳光。一个月的租金是十五法郎。早上打开窗户时，我会看到对面花园的青绿色，以及上升的旭日。没能早点发现这房子，真是太可惜了。我希望在这里工作能获得更多安详和宁静。从那个旅馆脱身，我感到无尽的自由。

    我对那家伙说，我们得上治安法庭对质才能了结此事。法官提议：我只需支付十二法郎，而不是二十七法郎，而旅馆老板也因为扣押我的行李箱而被谴责。

如果你不介意的话，下次请再多寄给我一百法郎，好让我为房子添置一些家具。我希望能将房屋布置起来，以便其他人来访时住，比如高更。最近我收到一封他的来信，上面说他感觉自己注定要穷愁潦倒一辈子。我回信邀请他过来，我们两个人可以一起住在这里，反正我一个人住也要花同样的钱。高更天赋异禀，同他合作对我来说是一种进步，对你来说也能得到一次支持两位艺术家的满足感，而不是只有一位。我们且等待他是否接受这个提议。

抱歉我来晚了。

你来得正好。

一切都准备就绪,我们这就可以开始了。

这房子真棒呀!

我打算建造一栋艺术家之家。

坐吧。

艺术家之家!那肯定会很热闹!

> 我这里有足够的空间。而且我总是觉得艺术家孤独地生活是件愚蠢的事。

> 孤单一定会导致失败。

> 可惜我要回比利时了,不然我可是很想待在这里的。

> 我离开后,也许**道奇**愿意搬进来。

> **道奇?** 拜托,不要!

> 他根本一事无成。

> 必须是像我一样的画家,真正沉浸在自己的作品中……

> 还要不介意过着僧侣般的生活才行。

> 我这样坐好吗?

> 我已经问过高更了。他能够担任这间工作室的**领导**……

> 这样一来,其他人也会愿意加入。

这里可以充当画家的避难所。
你能够想象吗？
这主意太好了。
高更什么时候来呀？

我还不知道他愿不愿意来。
我还在等他回复。

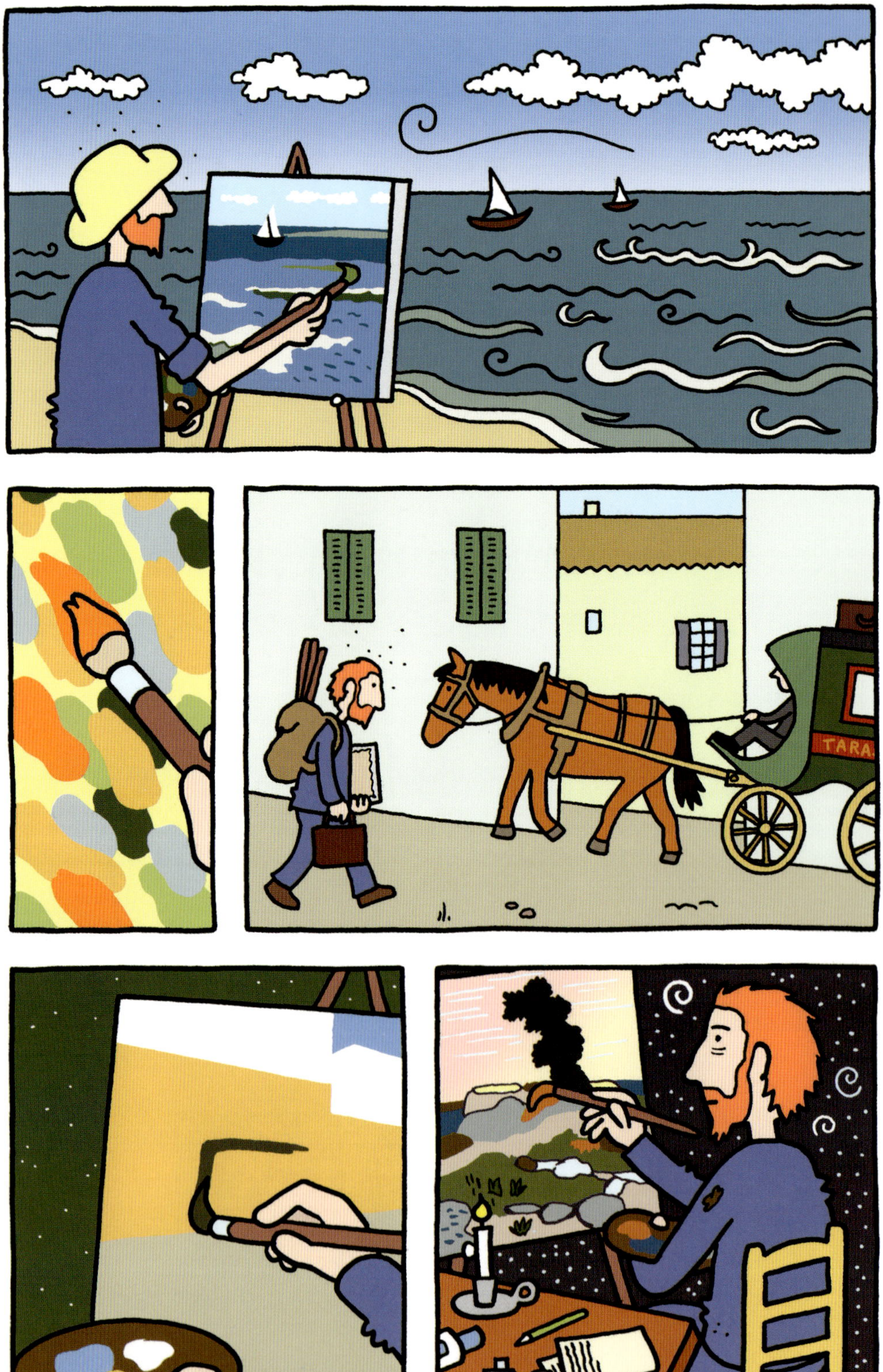
TARA

文森特！
文森特！

高更来信啦？！

是个女孩儿！！

出航的时刻来临了

正舵扬帆

汹涌的大海充满危险
没有永远不湿的船杆

但摇摆的海波
会让寂寞水手的心得到慰安

你好像
瘦了？
看得出来
没有女人帮你
做可口的
饭菜。
你说
什么？
为什么
你还没有
妻小呀？
我和女人
没有缘分。
每次都
失败收场。

让我的热情融化你的冰心吧！
我宁为你献身火海也不要抑郁而终！！
不！千万！不要！
你肯定会找到一个好女人的。
不不，现在我有我的任务。
对艺术的挚情，会让真爱消失无踪。
我大概也永远不会结婚。谁想要一个罪人？
你不是罪人。
我当然是。
牧师这么说，大家都这么说。
该死的一派胡言！
做爱有罪吗？
无爱的生活才是罪孽深重！

我同意你，但是多数人不这么认为。

妓女就是罪人。

那卖不出作品的艺术家也是游手好闲的无赖，

大家不也这么认为？

我们是社会的边缘人，你我都是。

但如果你的朋友和你同舟共济，那你就不是一个人了。

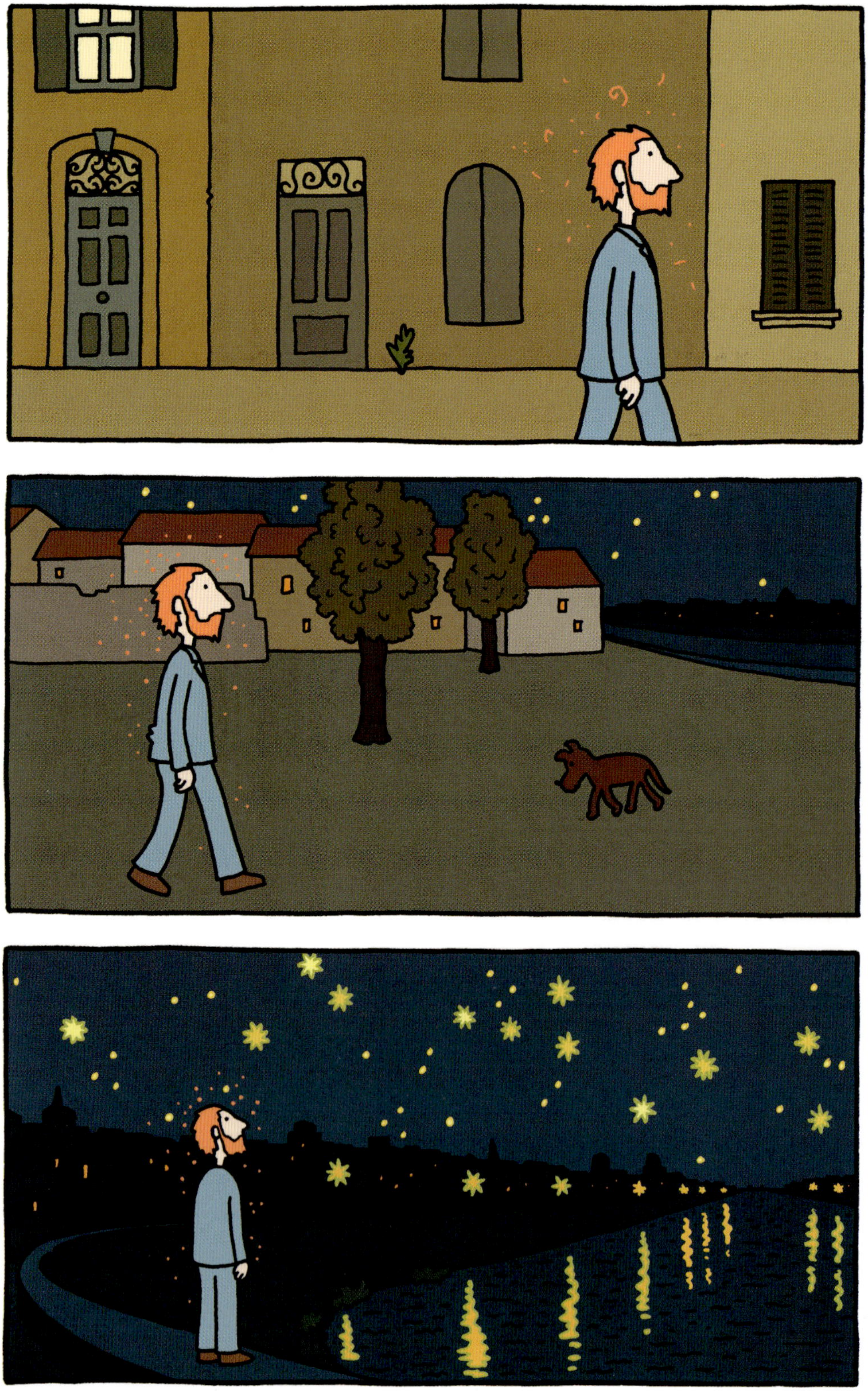

亲爱的提奥：

  我无论走到哪里，都会时常想到你、高更和贝尔纳。我真希望大家都在这里。我想你应该会喜欢我最新的作品——星夜。我常觉得夜空比白昼还要光亮，充满了紫罗兰色、蓝色和最为强烈的绿色调。

  繁星的景象常让我想到地图上代表城镇和乡村的黑点。试想，苍穹的点点繁星就像法国地图上的黑点一样可以接近。就像我们坐火车从塔拉斯孔前往鲁昂一样，要触碰到繁星我们只能搭上死亡的列车。在我看来，霍乱、肺痨和癌症不啻为天上的交通工具，而蒸汽船和火车就是凡间的交通工具。

  画家的生命中，死亡不是最困难的事情。几周以来我的心绪干枯鲁钝，我得好好照顾我的神经。当我的心思振动起来时，就越来越常被永恒占满。

  你有高更的消息吗？如果他真的来了，就是敲响我们新时代钟声的时刻。我的想法是成立一个艺术家之家，它不但在我们有生之年存在，还能造福后世。如果你的愿景里有永恒的元素，那么你的生命就有存在的意义。

该死！

毫无条理地单调！

又搞砸了一块画布！

我必须休息几天。
我真是累坏了。
先深呼吸一下。
不不不不不！
我一个月花费两百法郎，一年就超过两千了，五十年就是十万……
……所以如果我活了五十年，我就得挣回十万法郎才行！
您想要卖我的画吗？
？
真漂亮啊。
不错的画。

> 但是这种画我找不到买家。
> 所以恕我无法帮忙。

> 您愿意改变画风,符合大众的胃口吗?
> 我不是骗子。

> 一个艺术家,必须在他的作品里加入**个性和感受**。
> 不是为了容易卖掉。
> 那您得有点耐心。

> 让作品先沉淀一番,就像地窖里的酒藏一样。
> 谁知道未来它们会不会变得值钱呢。

> 十万法郎,可要一千幅画,每幅卖一百法郎才行……

> 我没有时间可以浪费!

> 太漂亮了文森特！

> 他画得越来越美了。

> 但我很担心他的健康。

从你上一封信中，我可以了解你担心一堆事情。有件事我想提一下，这很重要。你提到金钱的事情，说你欠我钱，想要偿还。我不想听这话。请你记住，我只要求你一件事：别再放在心上。你的画卖不出去，不是你可以决定的。因为这个可恶的社会永远站在不需要它的人那边。我很希望高更可以赶快到你那里去。他的陪伴会对你有帮助。

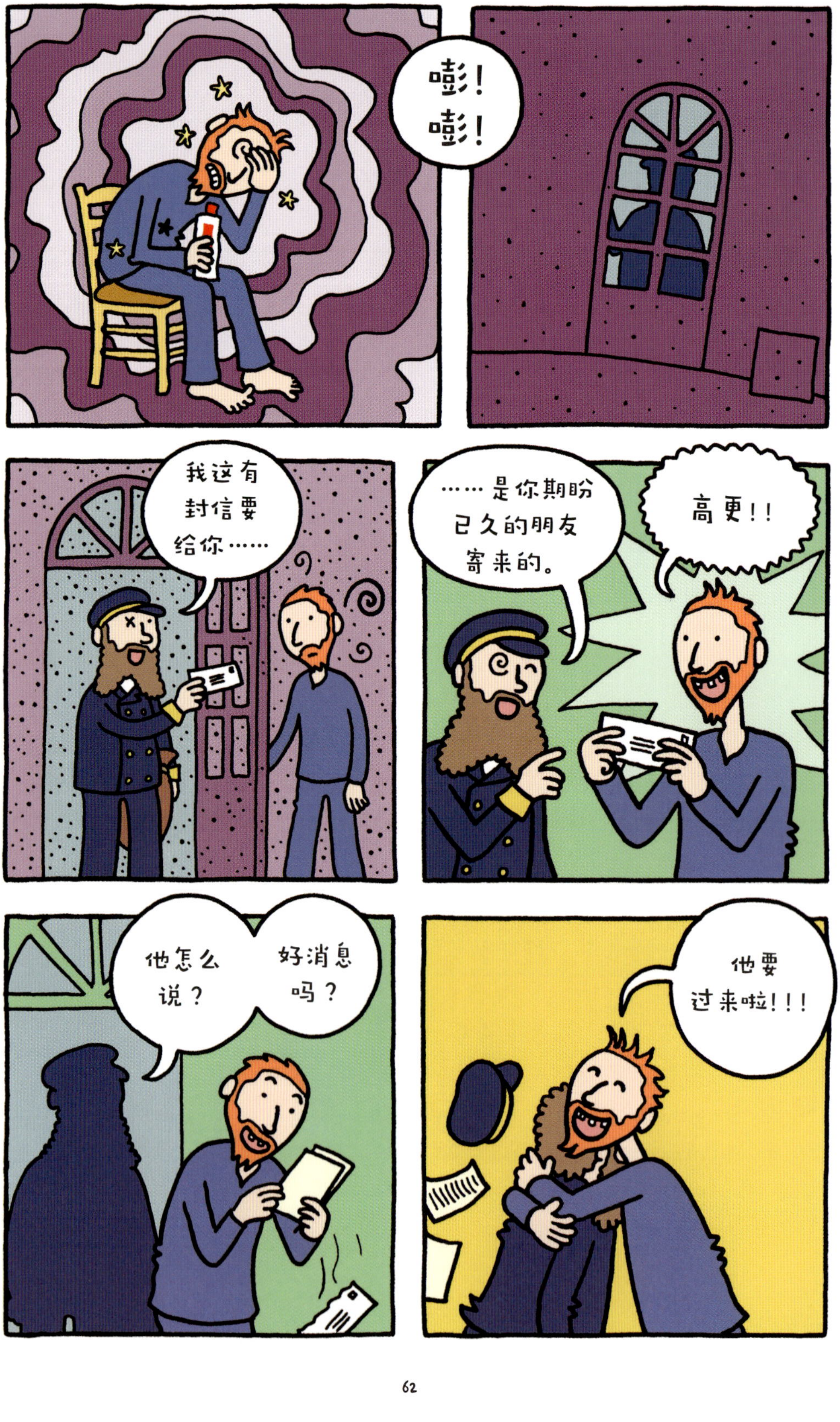
嘭！
嘭！
我这有封信要给你……
……是你期盼已久的朋友寄来的。
高更！！
他怎么说？
好消息吗？
他要过来啦！！！

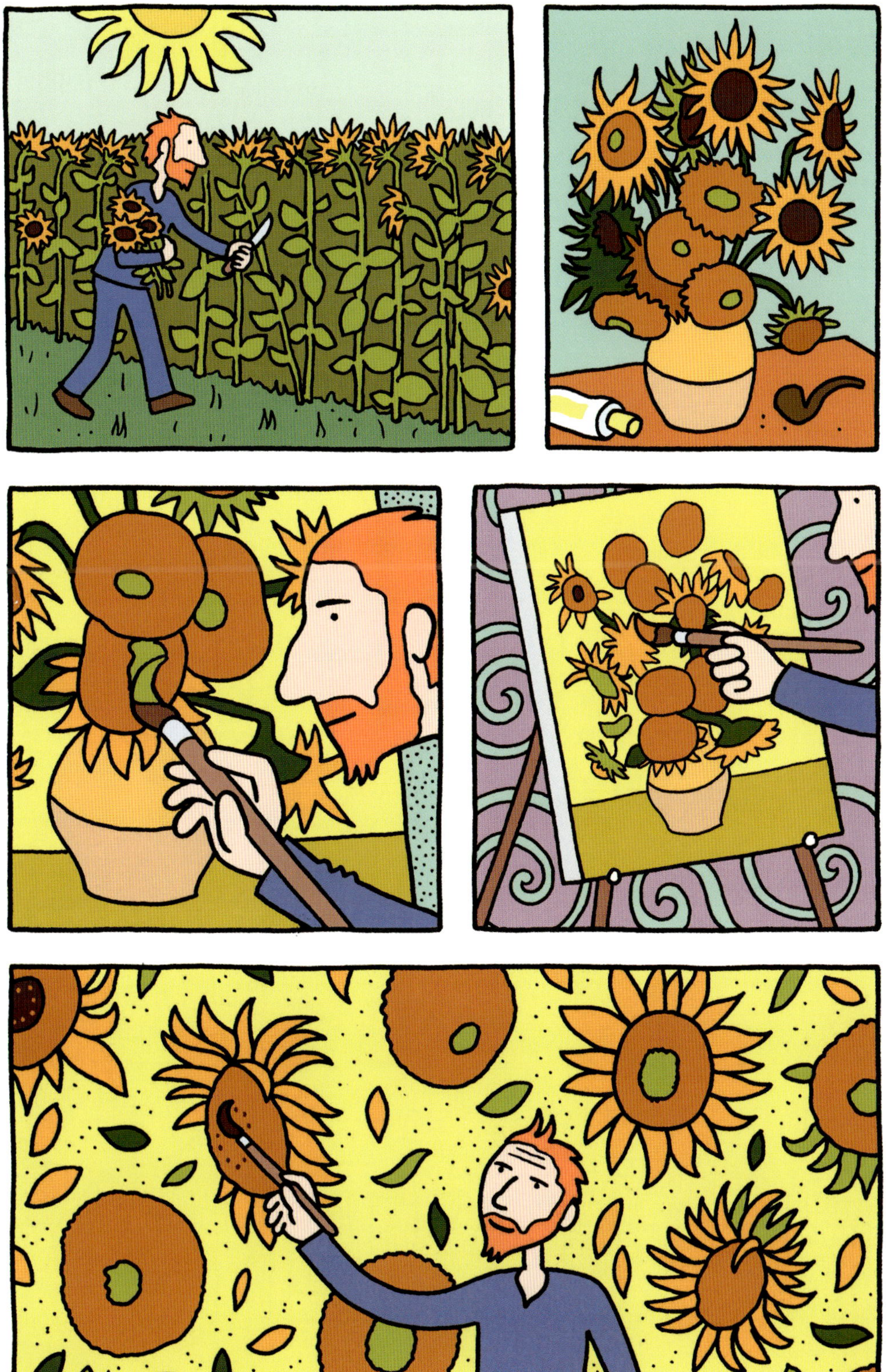

这要搬去哪里?

楼上最后面的房间。

有向日葵的那间。

这能用了。

煤气已经接上了。

在最理想的美好世界中,一切都是为最美好的目的而设。

欢迎来到
阿尔勒。
这是我们的
画室。
太棒了！
这里真是
太美妙了！
宛若仙境！
这里的光线、
色彩，都远比
布列塔尼漂亮
得多。
贝尔纳！
拉瓦尔！
我们也可以
来住吗？
当然！
当然！
团结就是
力量。

欢迎来到阿尔勒！

呼呼。

现在你来了，阶段性目标达到了。

老兄，这趟旅程可真漫长。

我快累垮啦。

画室的领袖终于抵达啦！

我已经安装了煤气灯，你的房间也照你的喜好装潢了。
在这里，你肯定会创作出如此美丽的东西。
我先喘口气吧。
呼呼，唔唔……
你看，这是我特别为你画的。
献给保罗·高更，普罗旺斯的新大师。
哎，干吗这样。
我感觉我们将要一起成就许多非常重要的大事！
我很饿，有吃的吗？

— 我们的巴黎朋友们都好吗?
— 贝尔纳画了一幅很漂亮的布列塔尼女人习作画。
— 他二月可能也会过来。
— 我认为他会和米勒一起前往非洲。

— 他能搬来这一带最好。
— 这里的大自然是画家最需要的。
— 我想布列塔尼应该比较漂亮。
— 那里更广阔……

— ……氛围也更庄严。更整齐划一。
— 等春天到了再看看吧。
— 你知道哪里才是**真正**漂亮吗?

热带地区。
如果我有钱，我一定回去马提尼克岛。
那里连阴影都充满光泽，因为阳光实在太强了。
这里的夏天也有烈日。
你肯定会喜欢。
嗯嗯，你可能说的对哦。
这儿的女人真漂亮。
人物都充满特色，对吧？

我一度微微感觉可能要生病了，但高更的到来让我不再想这些烦心事，我确信我能挺过这一关。我确实不太知道他如何看我平时的工作，但已经有一些迹象表明他觉得确实不错。

你的向日葵画得比莫奈漂亮。

他那幅你知道吧？

像雪花一样！

这周我完成了两个画布的落叶。同时高更在画一些葡萄园里的女人，完全凭着记忆。画得非常细腻，真了不起。看他作画真是既精彩又过瘾。房子的事情相当顺利，渐渐变成适合艺术家入住的家。特别是在晚上，通过煤气灯的光，我很喜欢画室的样子。

我们两人每月各出一百五十法郎，过得比我自己一个人出两百五十法郎还好。因此请不用担心我们。我会把所有的作品都寄给你，并如常每月附上高更的一幅画。

你何不在这里上点红色？

那你又何不回到你的画架那里呢？

亲爱的提奥：

冬天来了，很冷，我很高兴我不是孤单一人。高更鼓励我凭着记忆中的画面作画。他既是个伟大的艺术家，也是个很好的朋友。你无法想象，有这样的朋友作伴让我多快乐。

> 用脑海中的画面作画，画布看起来真是神秘多了。

> 就像用色彩写诗一样。

> 又一幅新的画？

> 你的速度我可跟不上啦。

我们谈了很多关于德拉克洛瓦、伦勃朗等人的事情。你应该也不意外，我们围绕的美妙主题就是艺术家协会。我们的讨论无疑是非常热烈的，有时我们绞尽脑汁后脑中一片空白，就像电力放尽的电池一样。

> 我们的画室可以发展成协会。

> 这些我都已经想好了。

> 团体利益应该摆在个人利益之上！

> 有时候跟自己**独处**一下会比较好。

瞧我找到了什么。
这柜子不赖吧？
可是……可是……
我想把它放在厨房里。你看。
……我们有这个钱吗？
当然有喽。
这么美味的奶酪我怎能视而不见呢？嗯嗯嗯！

"你是这里的主人,钱要怎么用随你支配。"

"要来一块吗?"

"嗯嗯嗯!"

"我们的画室现在有了真正的**生命**。"

"如果你把这些写在信上寄给我们的朋友们,他们也会愿意过来。"

"我们会成就比我们自己还大的事情……"

"……因为我们继承了蒙蒂切利在此地开启的传统……"

"松节油?!"

"也……的……真正的色彩大师……"

哪个白痴把松节油放在酒瓶里？！
……下一代，我们后世的画家就会承接这一切的。
这里真是乱得不像话！
我们只不过是链子上的一环而已。
如果人死后马上有人接替他们的位置……
……走完全一样的路线……

那么有没有来世究竟还重不重要呢？
两杯苦艾酒！
我们继承了蒙蒂切利的基业，就像他的儿子们一样。
哈，好喝。干杯！这正是我需要的。
我强烈感受到这一点。
也许你我终其一生都无法成就伟大……
但我们至少把火炬传给了未来的艺术家们。
这样一来，我们终究是通过作品成为了永恒的一部分。
啊～呵
链子上的一环。

76

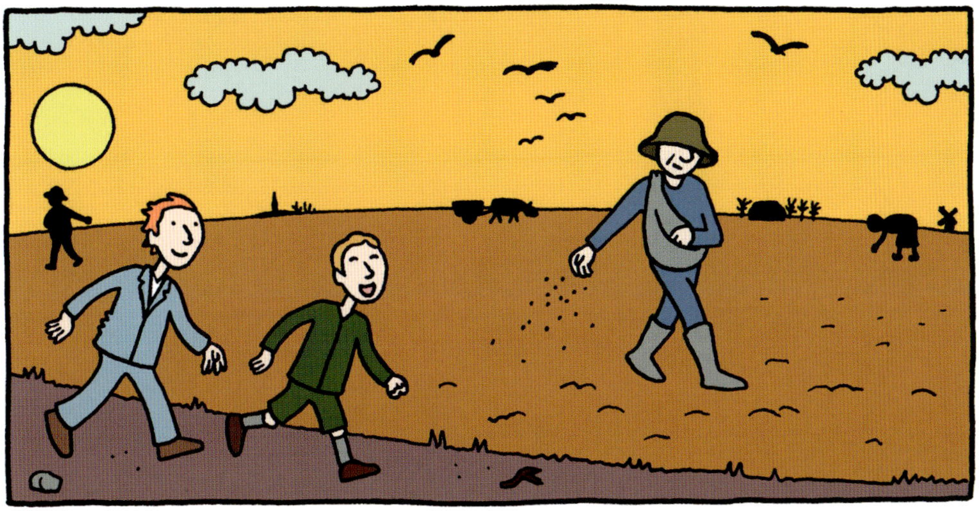

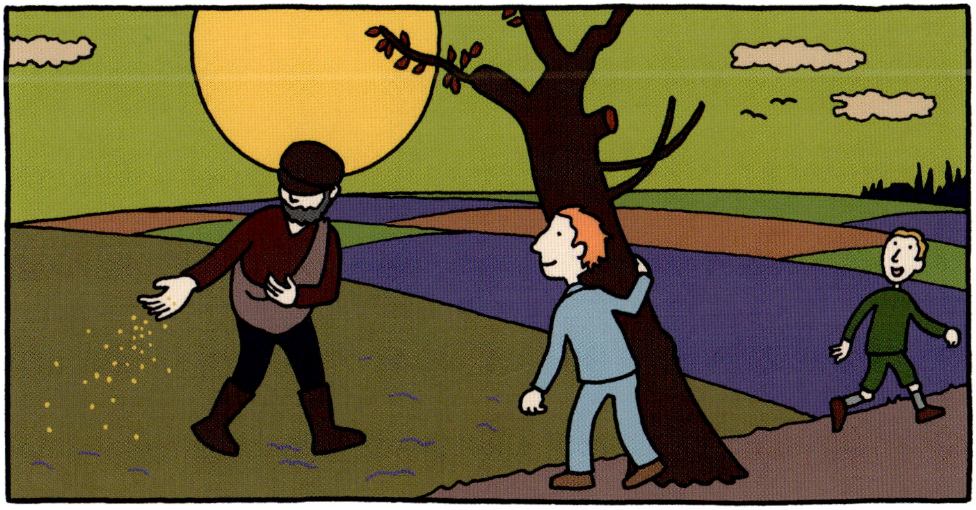

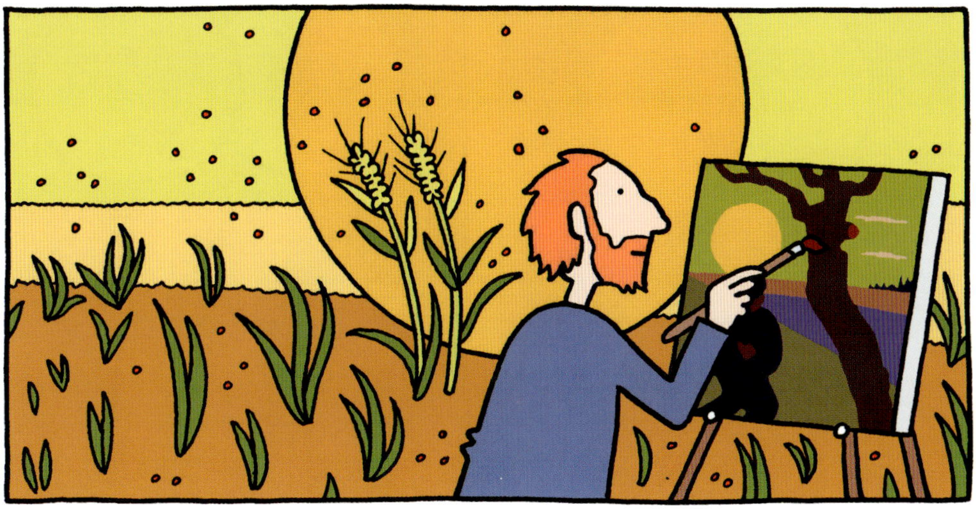

好消息!!	你弟弟又帮我卖出一幅画啦!! / 什么?!
五百法郎入袋啦! / 真是个大好消息啊!!	正义万岁!!
再卖出几幅画我就可以回马提尼克岛。	回到**阳光**下,啊哈哈! / 等一下……不……不……

78

绘画艺术的未来绝对在热带地区。
或者……
如果你有办法在那里成立一个画室，然后……
……那么这间阿尔勒黄色小屋就是前往热带的中继站了！
明亮的色彩……
那你得至少存五千法郎才能搬到那里去。
两千就够了。

你还好吗?

没事,没事。

他还不可以走!

两千不够你成立画室。

没有五千法郎的话,真的不值得你冒这个险。

我现在想看会儿书。

真的，你出发前一定要再算一次花费。

我很感激你的提议，不过……

你知道我认为绘画艺术的未来在哪里吗？

肖像画！

……我们可以聊点别的吗？

我无法想象没有肖像画的未来

让我先静下来吃个早餐好吗？

我真的相信，新的世界里……

会出现伟大的艺术复兴，而……

……我们就充当承先启后的角色，然后……然后……

你上哪儿去呀？

去妓院。

去妓院习作,好主意。

没要习什么作!!

你能不能别谈工作?!

我现在要去**打炮**!

所以别烦我!!

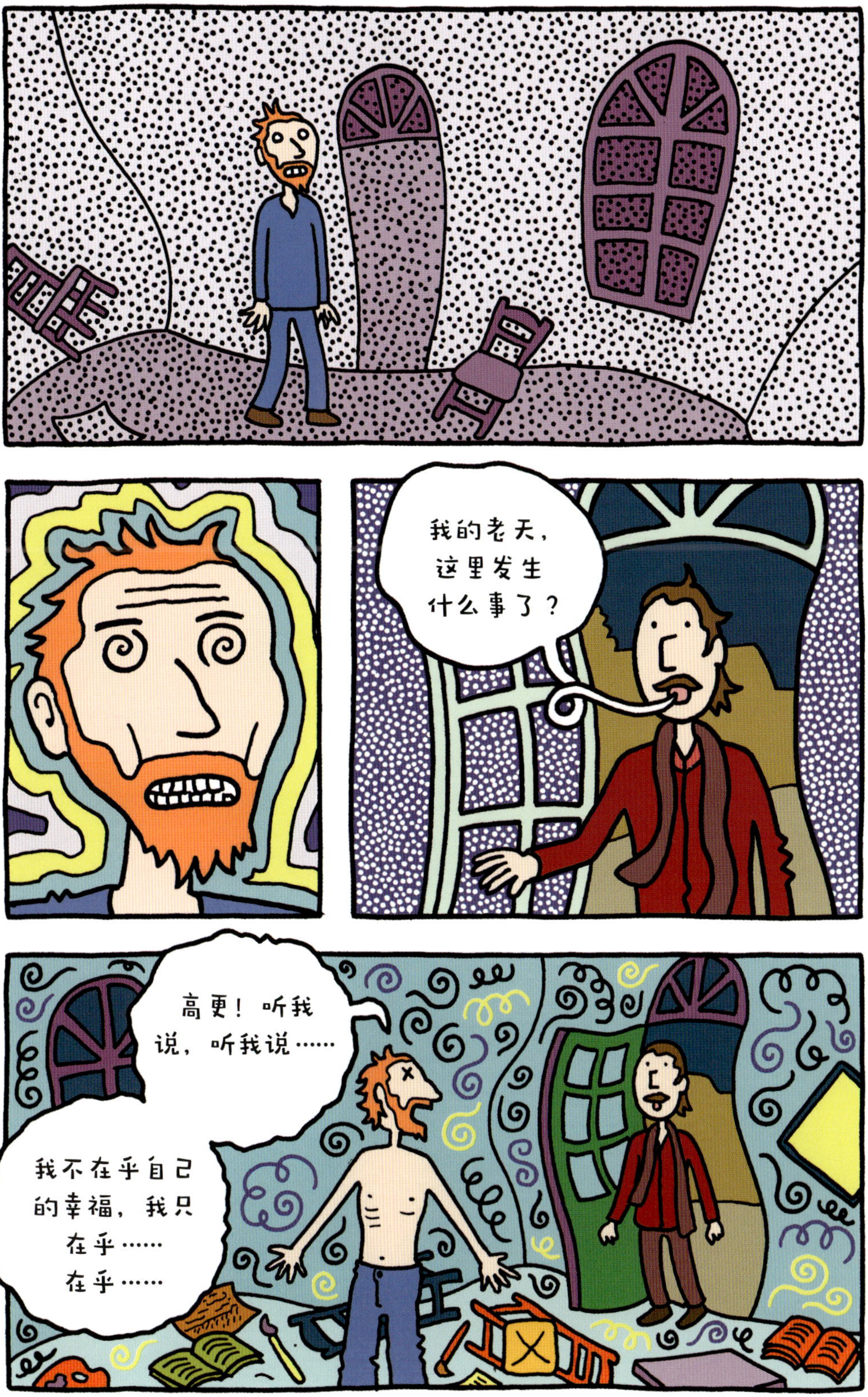
我的老天，
这里发生
什么事了？
高更！听我
说，听我说……
我不在乎自己
的幸福，我只
在乎……
在乎……

……我在乎的是这座给艺术家的避难所。

我们必须为此继续努力下去。

闭嘴！拜托，你有完没完啊？

你简直要把我**逼疯了**！

如果你在这里无法找到宁静，难道就能在别处得到吗？

我们的难关往往存在于自己心中，而不是外界。

你给我听着：我只是来这里访问几个礼拜。我虽然不知道你的脑袋里打什么算盘，但是……

我想离开时就会离开。

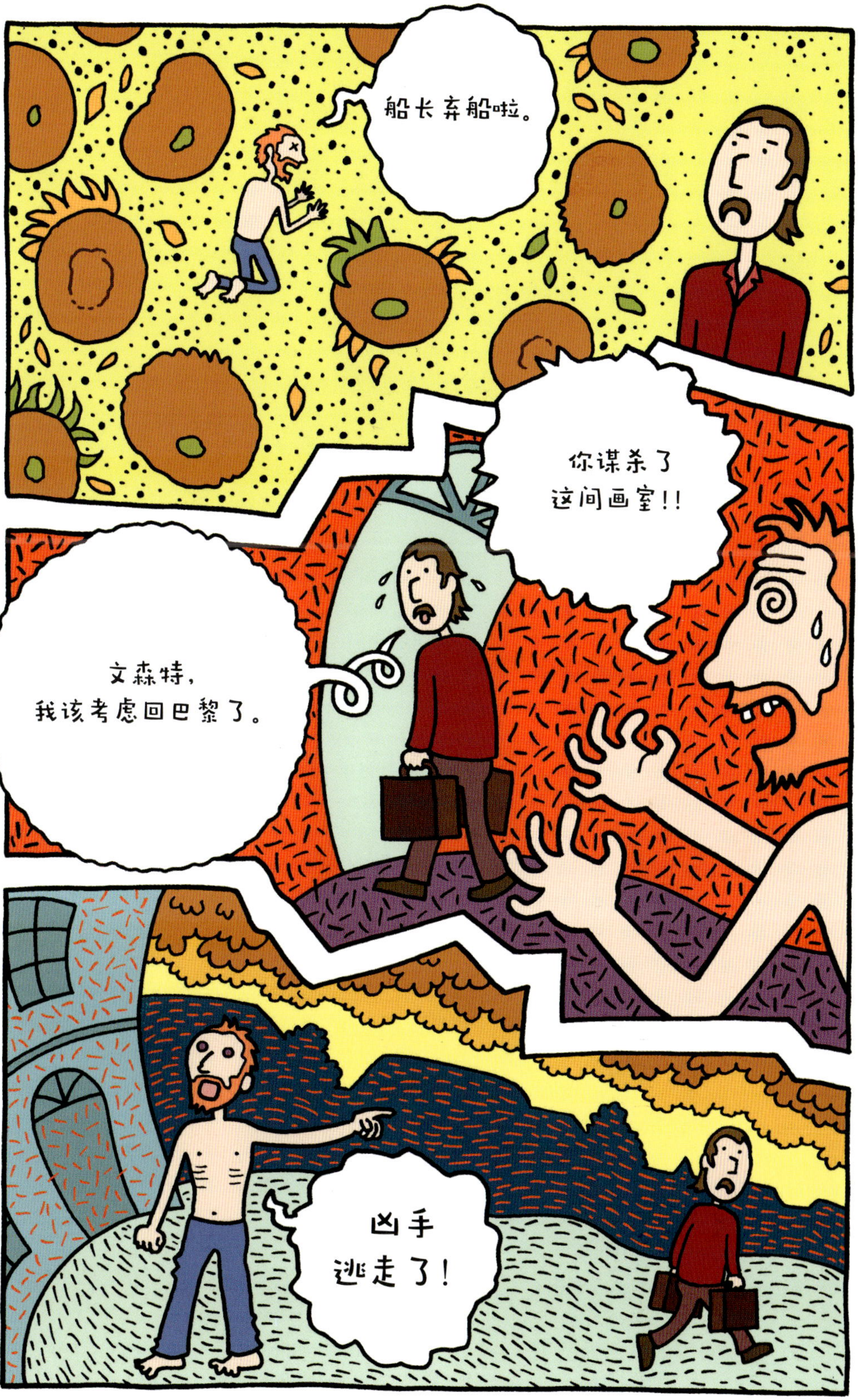
船长弃船啦。
你谋杀了这间画室!!
文森特，我该考虑回巴黎了。
凶手逃走了!

86

87

文森特
……
文森特！
我在哪里？
发生什么
事了？
你在
阿尔勒的
医院里。
提奥！能见
到你实在
太好了！
在一阵狂乱中你
把自己的
耳朵切下了
一小块。
我的
耳朵？
幸好医生
很快就来了。

我完全不记得了。

听高更说，你当时简直像是在另外一个世界。

不过，医生说你只要休息一下，很快就会恢复的。

高更在哪里？

他还好吗？

他回巴黎去了。

听到你出事后，我马上就赶来了。

你真不该这么做。多远的路途啊。

我给你添了这么多的麻烦。

胡说！完全相反！

我已经欠了你这么多的钱。

> 你已经不断地用你的作品……

> ……和作为我的兄弟来偿还了,这已经超越了金钱可以衡量的价值。

> 这……你真是……

> 我真想让你看见这美丽的地方……

> 如果艺术家之家继续运作下去的话……还有……

> ……不过全都搞砸了。

> 你重新恢复健康才是最重要的。

> 医院

> 我会尽快给你写信。

医院
我帮你把床单上的所有血迹都洗掉了……
还帮你整理了一下。
你可能只是累坏了。
每个人都难免偶尔会有幻觉。
姑且希望如此吧。
有事的话，你知道怎么找到我，对吧？
谢谢你这么关心我，鲁兰。

92

93

过去几周很是诡异。多数事情我忘得一干二净，而且怎么也想不起来了。现在我被锁在一个隔离的小房间，已经好多天了。我内心有许多无以名状的焦虑，然后一股空虚和疲惫感就会袭上心头。但是偶尔我也有完全正常的时刻，所以请不用为我担心。所以只要我五感俱全，我就还不算真的疯了。

我的几位邻居给市长写了封请愿信，还搜集到了八十多个签名，信里要求我不得再享有人身自由，或是类似的内容。我的房子已经被警察给查封了。对我来说，看到这么多人如此怯懦地联合起来围攻一个人，而且还是个病人，实在是个沉重的打击。我非常震惊，但如果我抑制不住自己的脾气，恐怕又要再发作一次。

「我希望你在那里可以赶快好起来。」

「你真是个好朋友。」

现在我冷静多了,我充分意识到自己造成了周遭的恐慌与不安。也许这辈子我会就这么疯癫下去。所以我最好是直接去精神疗养院。目前,我觉得我根本无法再找间画室独自生活了。我要去的疗养院位于圣雷米,我的医生曾经跟我提过。我相信这对我是最好的,而且除此之外我也别无它法了。

「您的房间。」

噢敖！

你有癫痫的症状。这是导致你意识混乱和出现幻觉的原因。

这会造成危险的情况，就像上次你所遭遇的。

所以你来到这里是非常明智的。

在疗养院内，你想去哪里就能去哪里。
这是个安全的环境。
如果有人监视，你还可以走出院所大门。
这病会好吗？
能不能治呀？
我没办法预估。
这里的宁静和规律对你有帮助。同时你还会接受水疗。
且让我们先观察这样的效果如何。

98

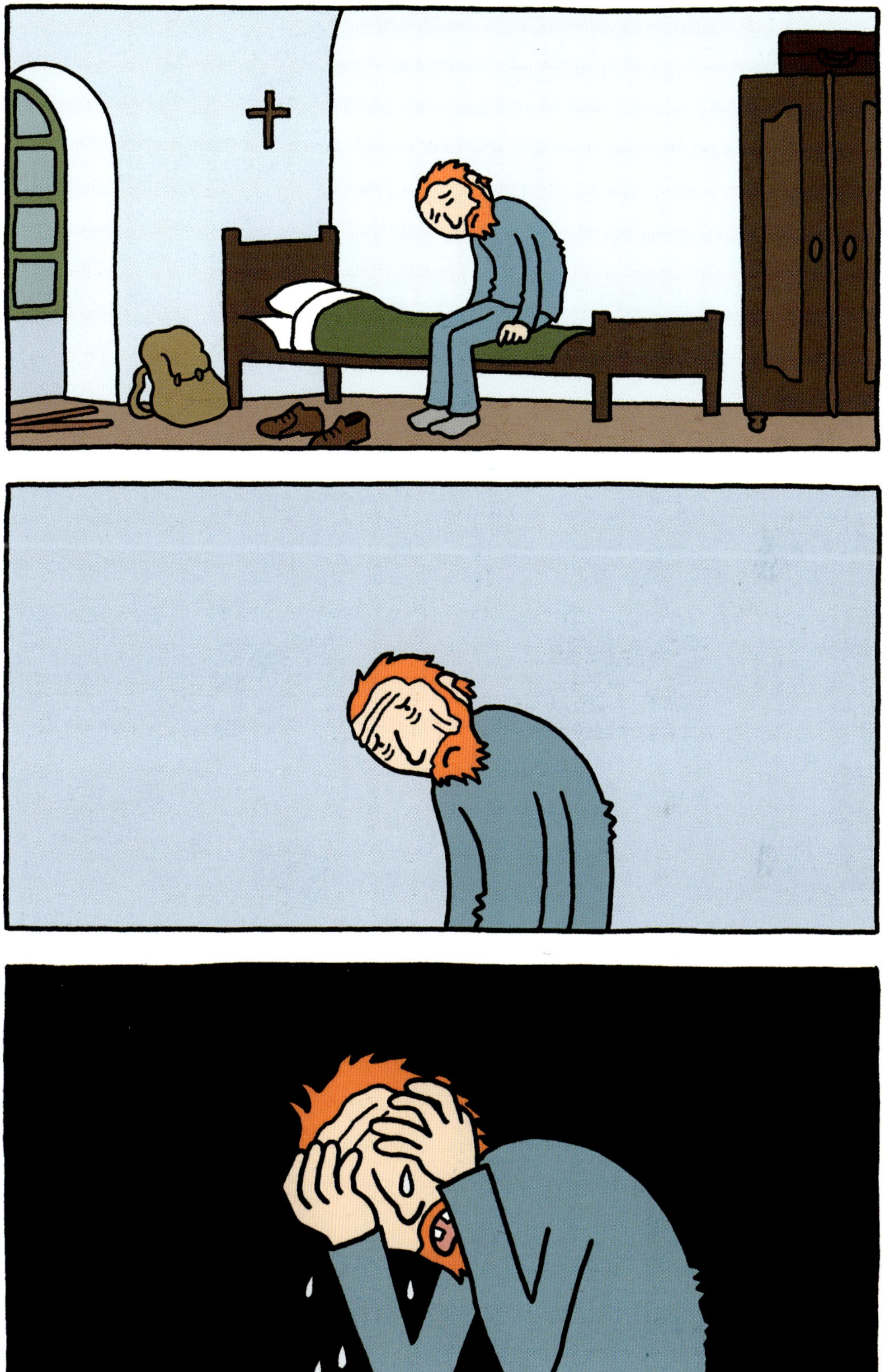

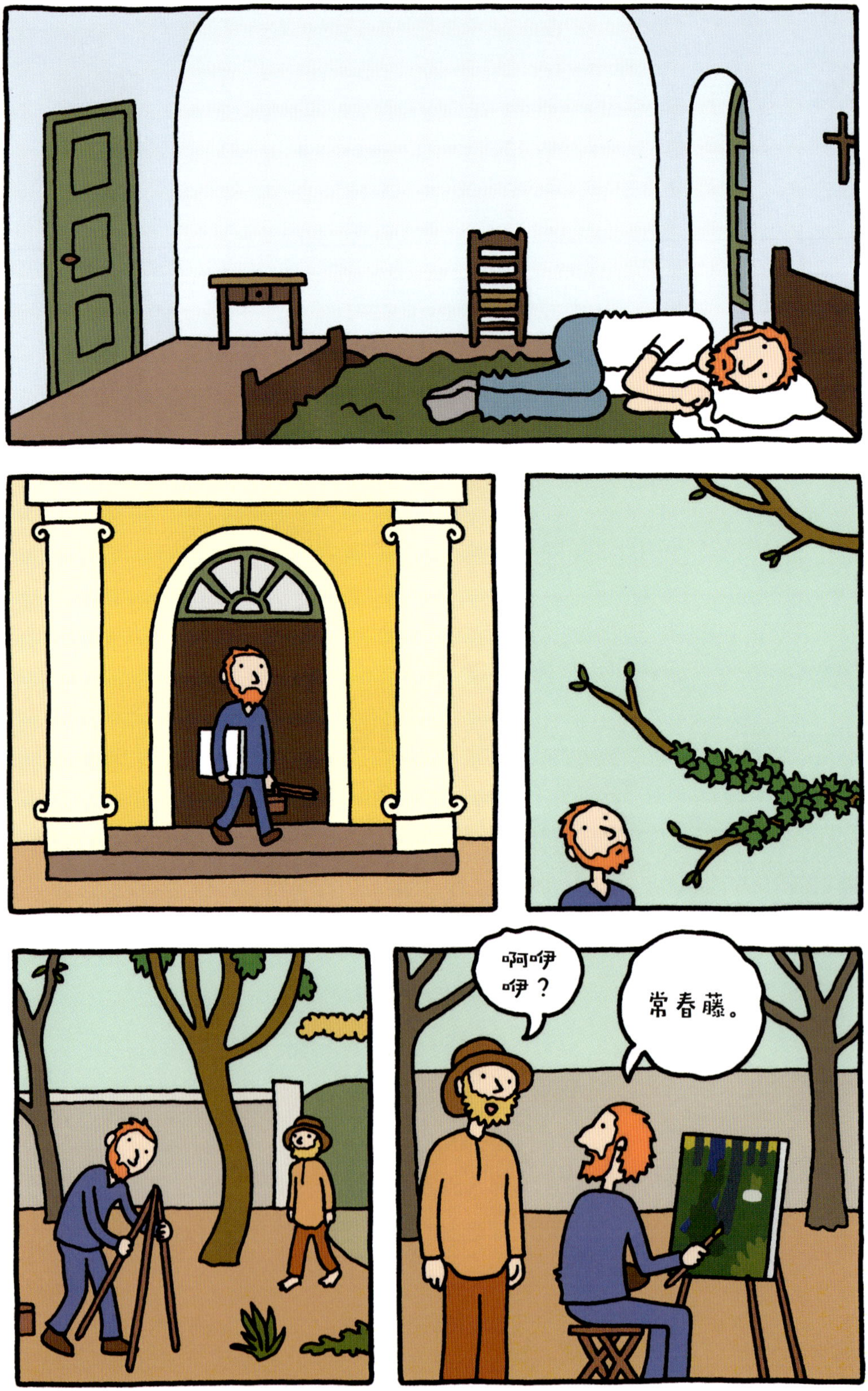
啊咿咿？
常春藤。

呦呜咿。

我们的病对一般人而言，就像常春藤之于橡树一样。

你今天想去哪儿呀?

像昨天一样再去爬山,还是到镇上去?告诉我吧。

病人发挥创意总是好事一件。

如果我啥也不做,我会疯掉。

"疯掉",哈哈!你能想象吗?

亲爱的提奥：

  你一定能了解，当我开始希望精神病不会再复发时，再度发作是多么地令我沮丧。我好几天都陷入茫然之中，就像在阿尔勒的时候，真的很糟糕。但我们不是不死之躯，也不是百毒不侵，所以我得病也是再公平不过的了。

105

> 啧，风格真是独特呀。

> 而且张力十足！

> 我完全可以想见，他有时会感到多么**郁闷**。

亲爱的文森特：

你最近的几幅画，让我深思你作画时的心理状态。这些画里面都有一种你此前不曾有过的色彩强度——用色犀利本就是你一项难得的特质，但现在你又加强了一些。无法想象你得多么殚精竭虑，得把自己逼上什么样的险境，我想心烦意乱也是无法避免的。因此，我亲爱的哥哥，我仍多少有些担心你，在你完全康复以前，切勿把自己搞得筋疲力尽。就算你只是单纯表现双眼所见的景物，你的作品质量还是经得起时间考验的。何况你已经画了这么多美丽的画了！

别丧气，我经常挂念着你。

提奥

亲爱的提奥：

　　我的健康状况在过去几周有了充分的好转。工作让我分散了心思，不失为一帖良药。

　　外头的好天气已经持续了很长一段时间。但奇怪的是，我竟然两个月没踏出房门一步了。我夜以继日，一点一滴加紧赶工。

　　只有当我站在画架前作画时，我才感觉自己活着。
　　我试着画些安慰自己的画，一些让我感到愉快的画。

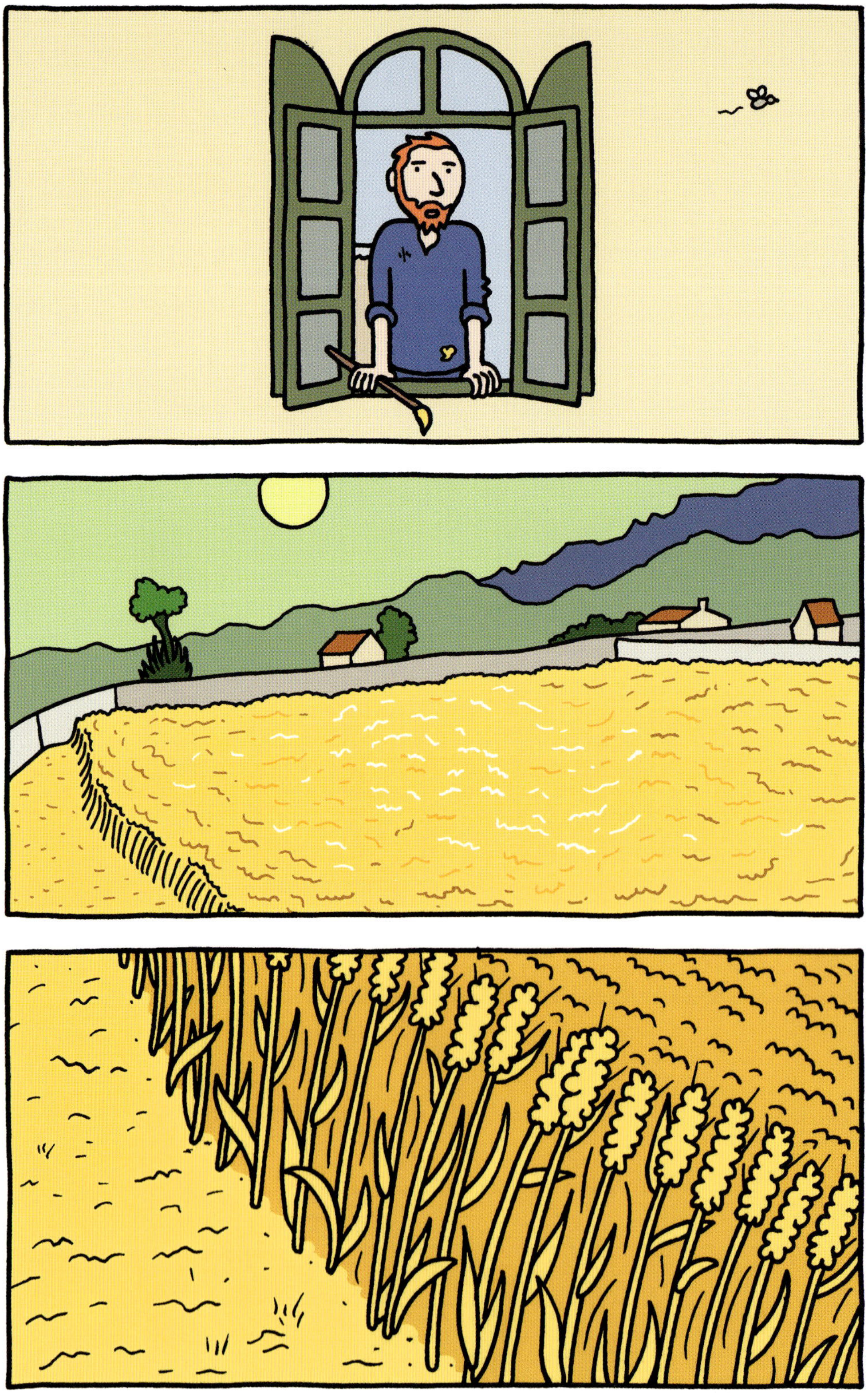

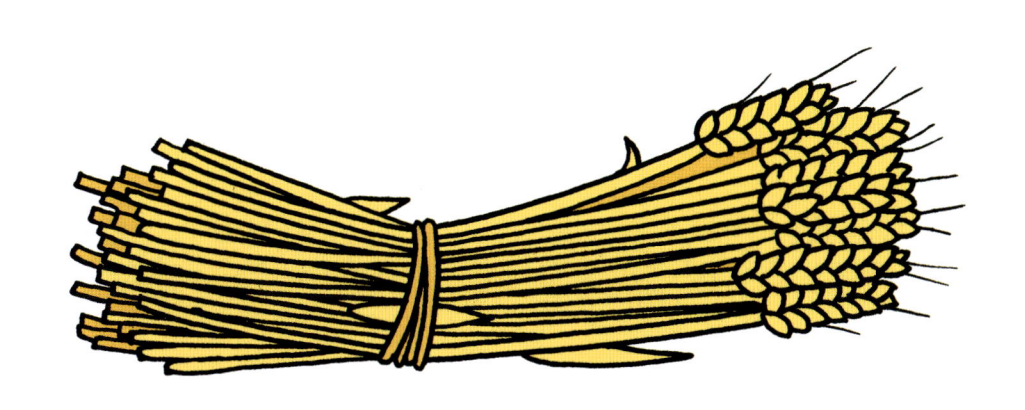

每当我想起那些我不明白缘由的事情，我就会看看麦田。它们的故事就是我们的故事，我们在很大程度上何尝不是麦子呢？至少我们必须谦逊地接受一个事实：我们就像植物一样生长着，无法到达想象力希冀的范围，而且我们一旦成熟了，就会像麦子一样被收割。

我强烈地感到，人类的历史就像谷物的历史：如果我们没被播种、发芽，又有什么关系呢？最终还不是被推进磨坊，做成面包。顺境和逆境、善与恶、美与丑，一切都是相对的啊。

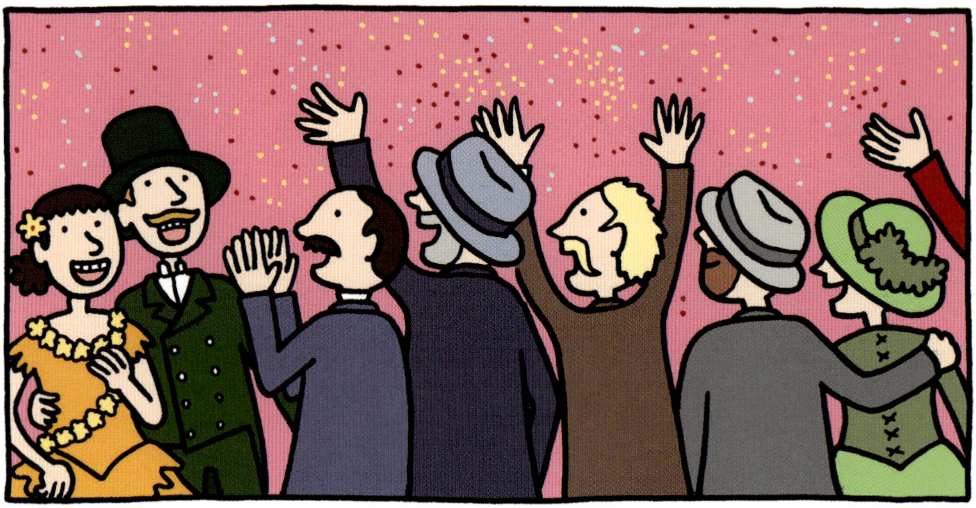

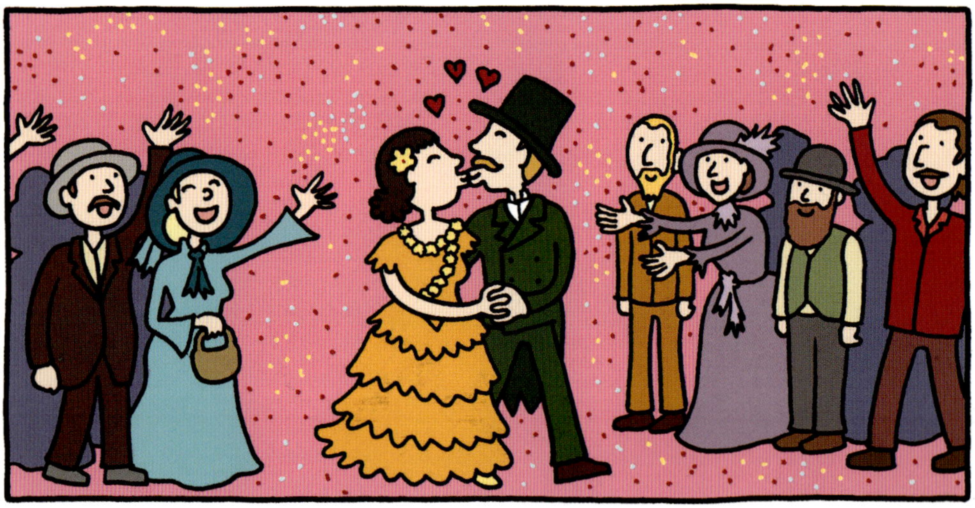

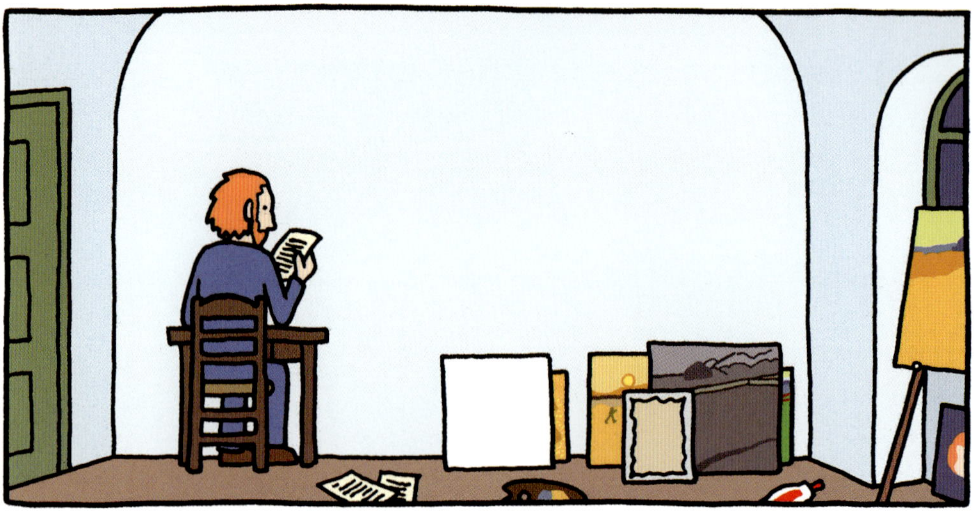

111

112

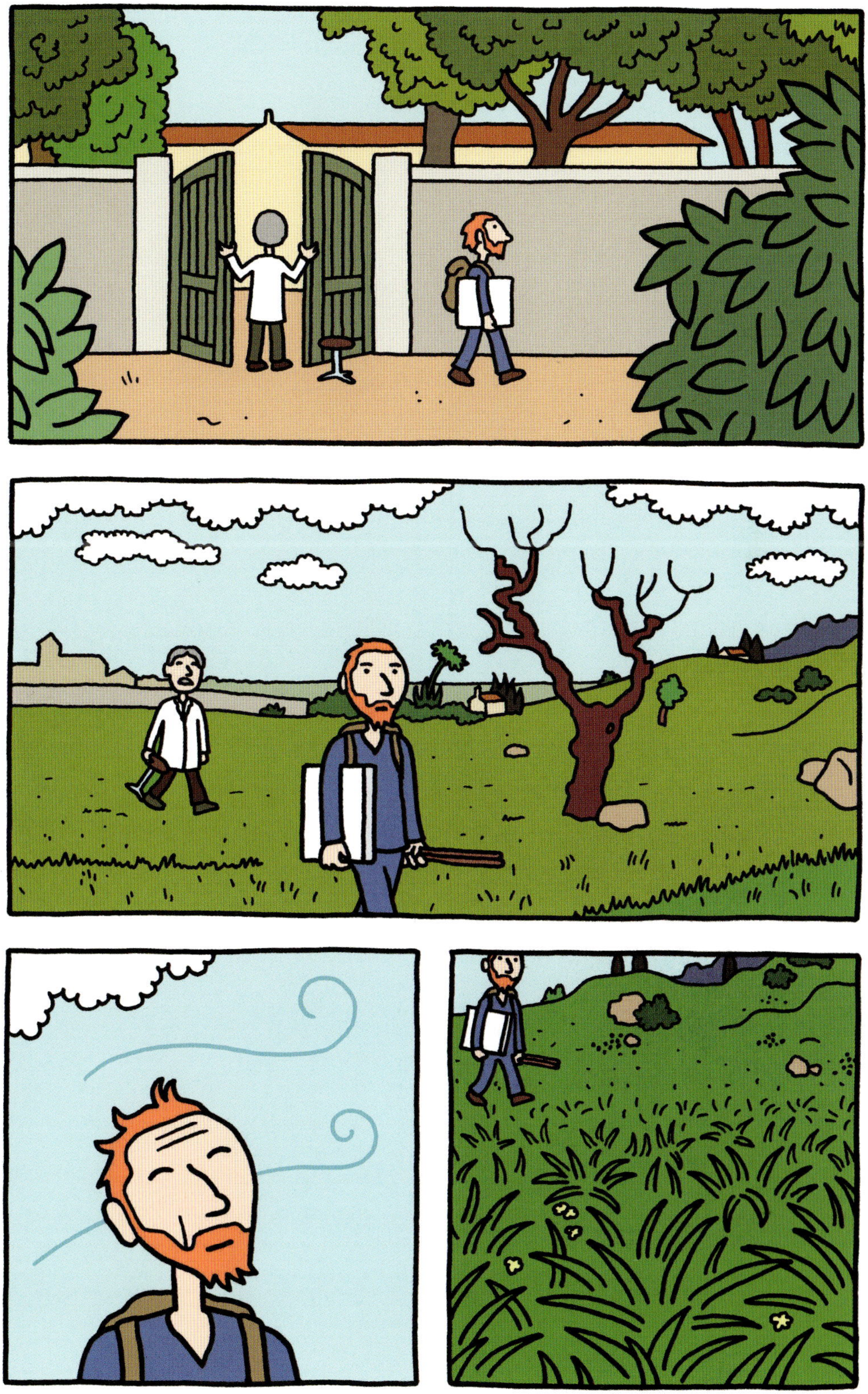

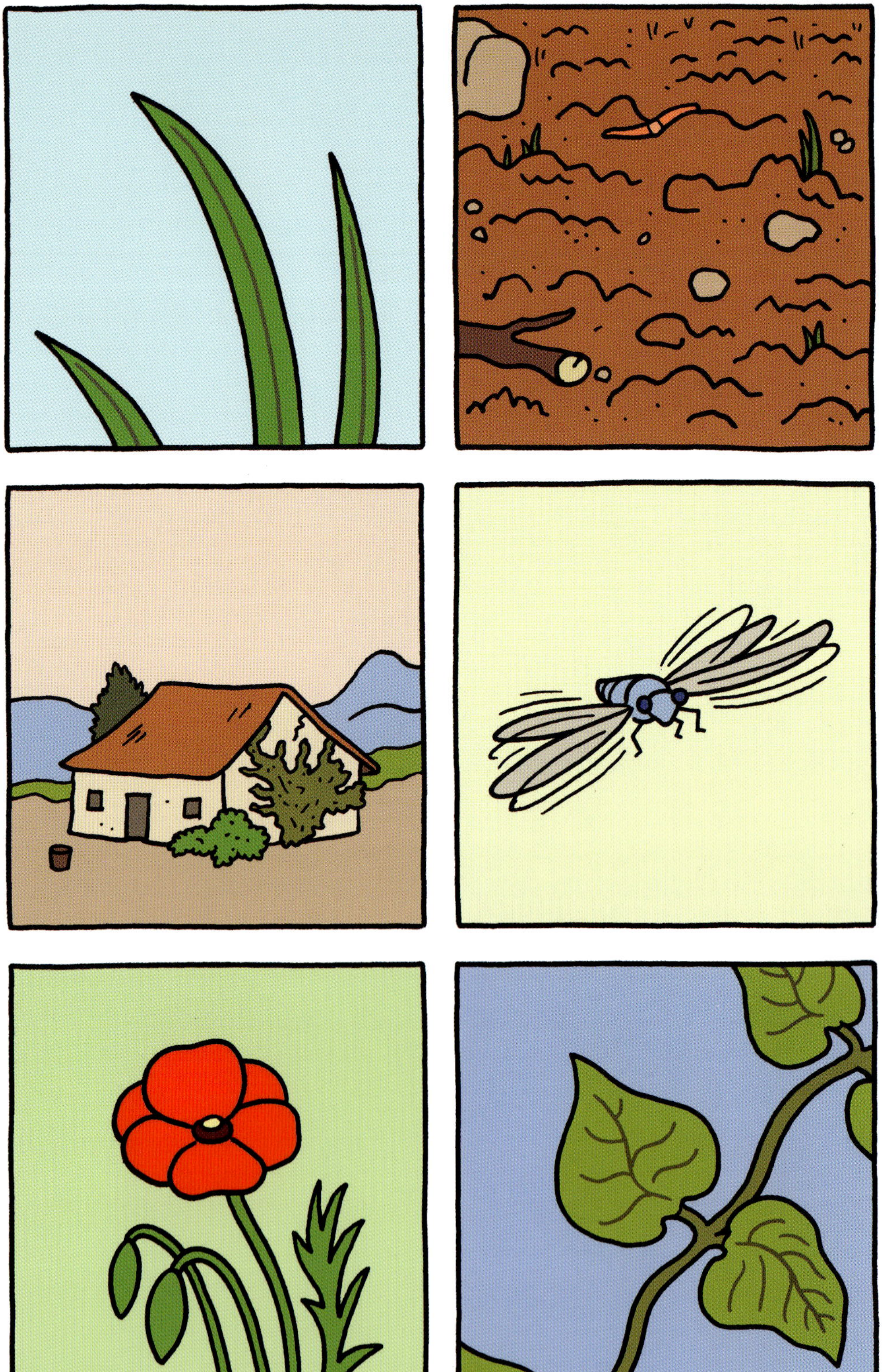

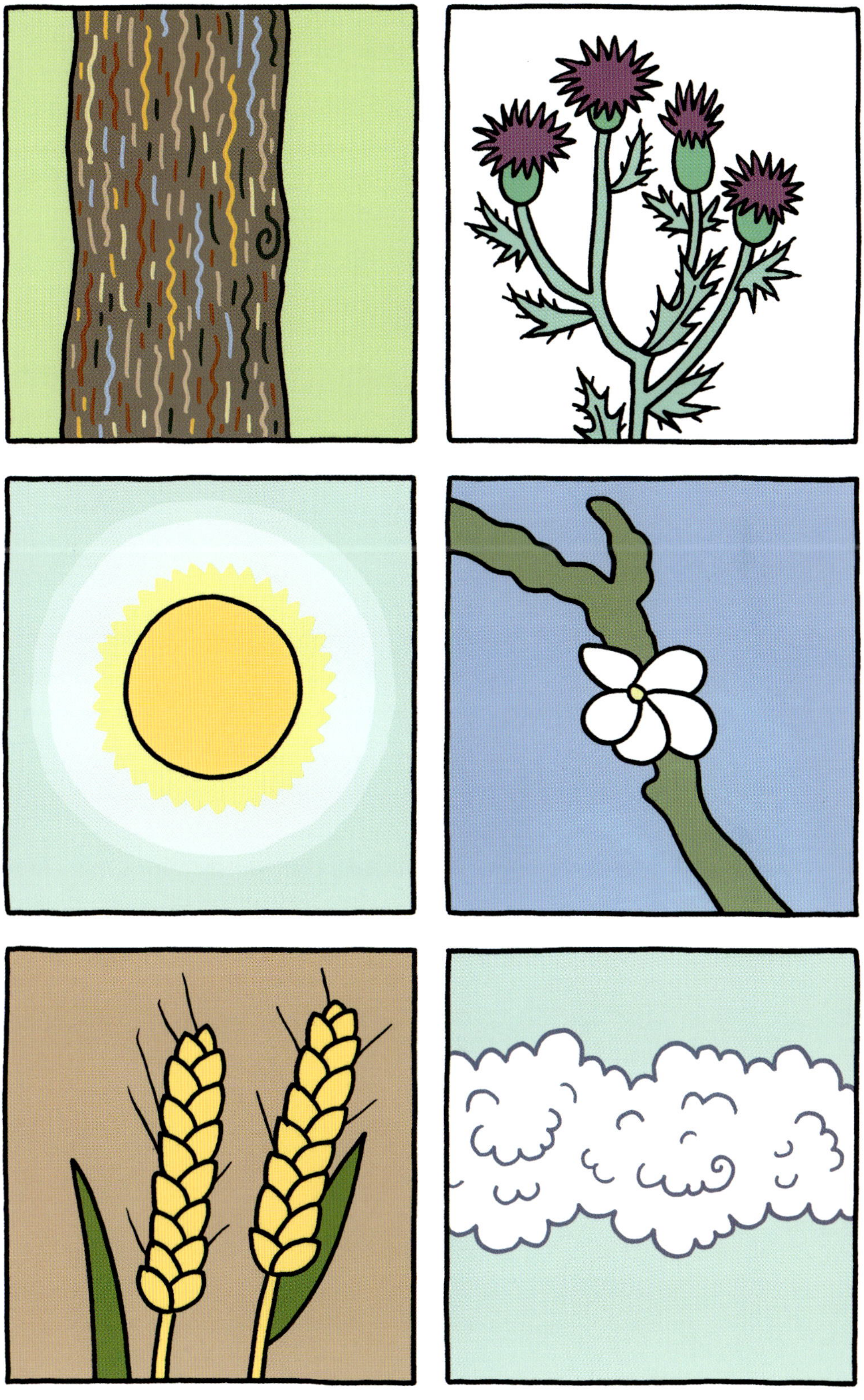

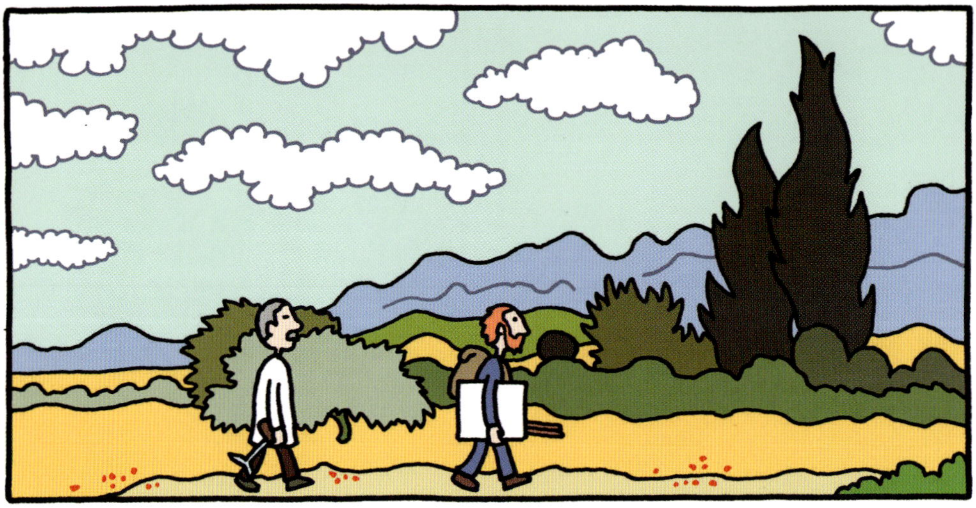

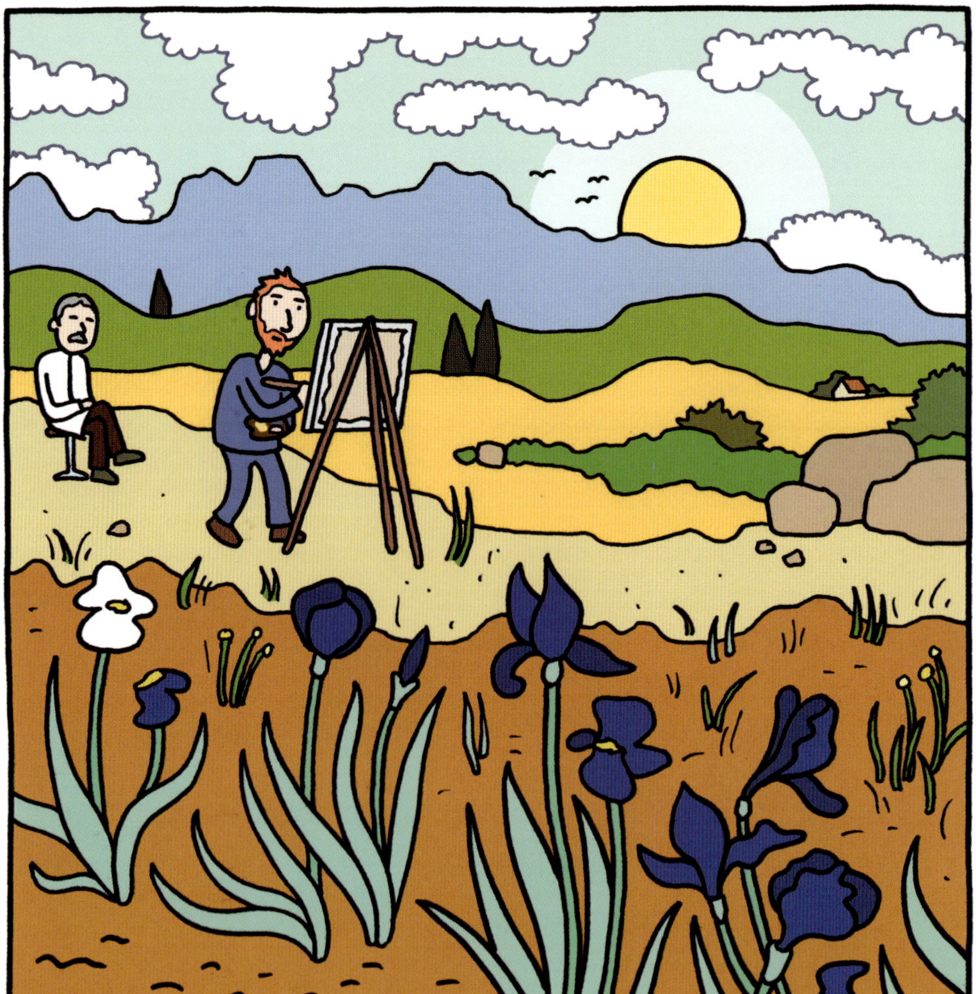

我希望你将拥有的家庭之于你就像大自然之于我一样。我没有妻小、孑然一身，当我看着麦穗、松枝和草叶片时，却感到无比安心。当我来到郊外作画，我就能感觉到联系我们所有人的共同之处。

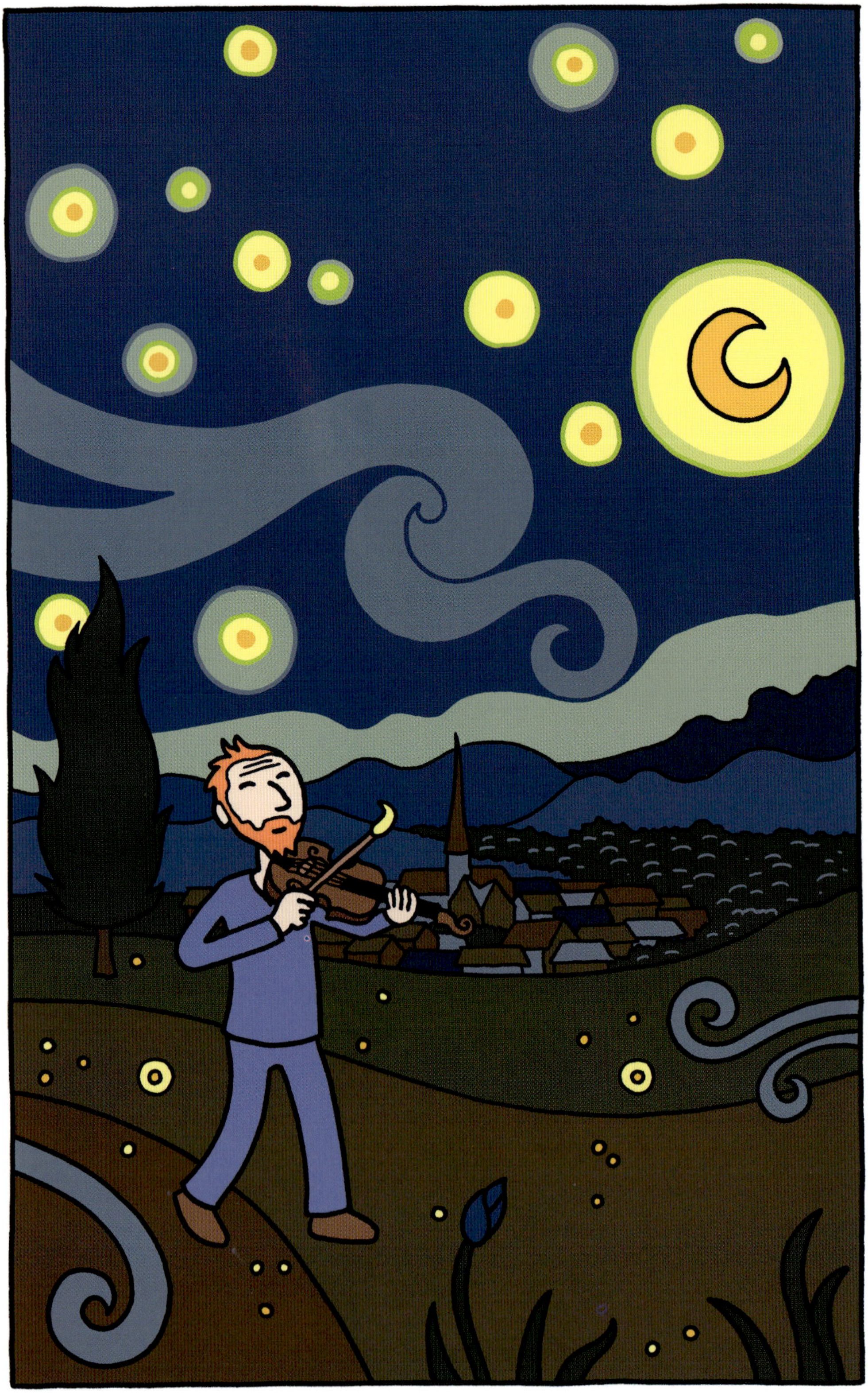

看来我们不是唯一的访客。

新的艺术风潮就要席卷而来了,提奥。

文森特的画挂在哪里呀?

你看，在那里。

哦哦哦，真漂亮啊！

提奥！

可以代我向你的兄长致上赞美吗？

当然。

文森特的画是这次展览的最大亮点。

他是唯一一个用心思考的画家！

我太爱他的作品了！

真希望他就在这里。

他们盛赞他“十七世纪荷兰艺术大师的接班人，当之无愧”！
真是篇溢美之文，而且卖出了一幅画哪！
你瞧，美丽的杰作自然会带来欣赏的眼光。
他得多么高兴呀！
孤独：
文森特•梵高
介于
院子里的狗

啊啊咦啊耶?

不,我不骄傲。

你听过巴西的萤火虫吗?

它们绽放如此明亮的光芒,结果女士们便在夜晚将它们别在发髻上。

名声对艺术家来说,就像发髻对萤火虫一样。

亲爱的文森特：

　　乔生下了一个美丽的男婴，他带着一双蓝眼睛和圆嘟嘟的双颊来到了世界。

　　我们用你的名字替他命名，我们希望他未来可以像你一样坚毅不拔、勇敢无畏。

我需要空间。

现在就离开,明智吗?

你上次发作不过是一个月前。

而且还不轻。

这里的环境开始让我有压迫感。

我很确信,到北方会让我感觉好一点。

提奥认识一位在奥维尔的医生,他可以照看我。

所以我想去那里。

好吧,听起来不错。

这样我比较有信心了。

巴黎近郊瓦兹河畔的奥维尔。

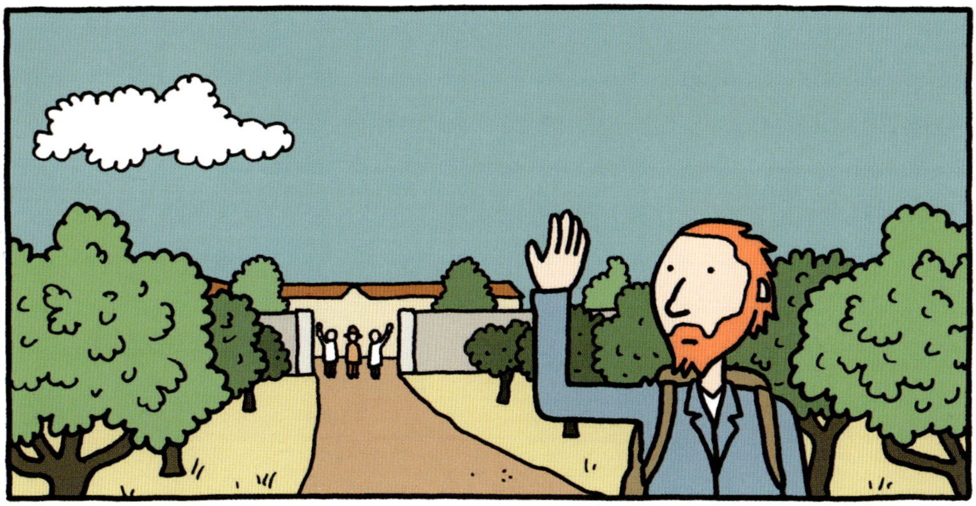
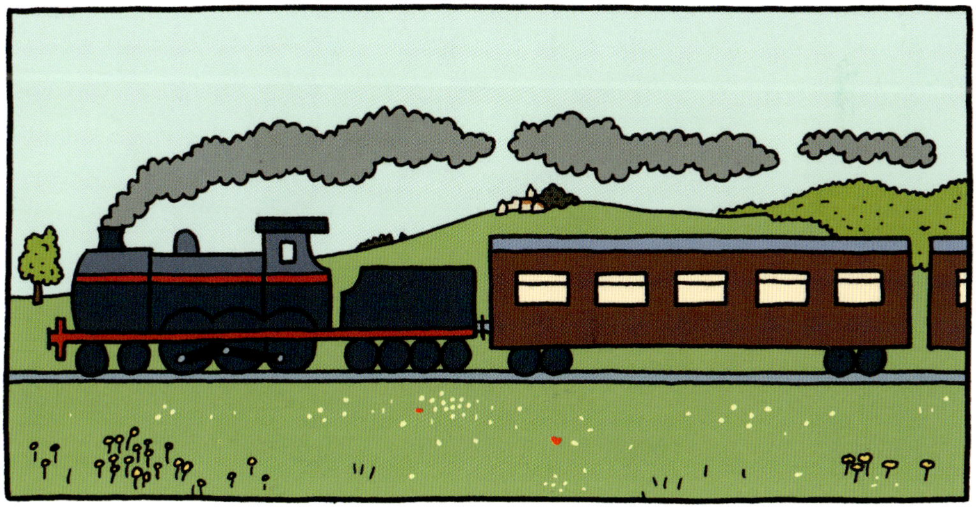
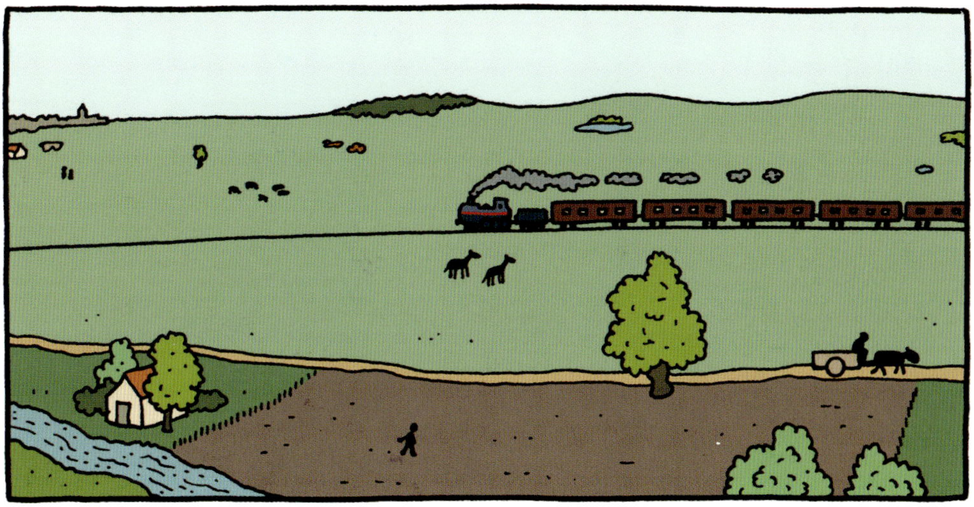

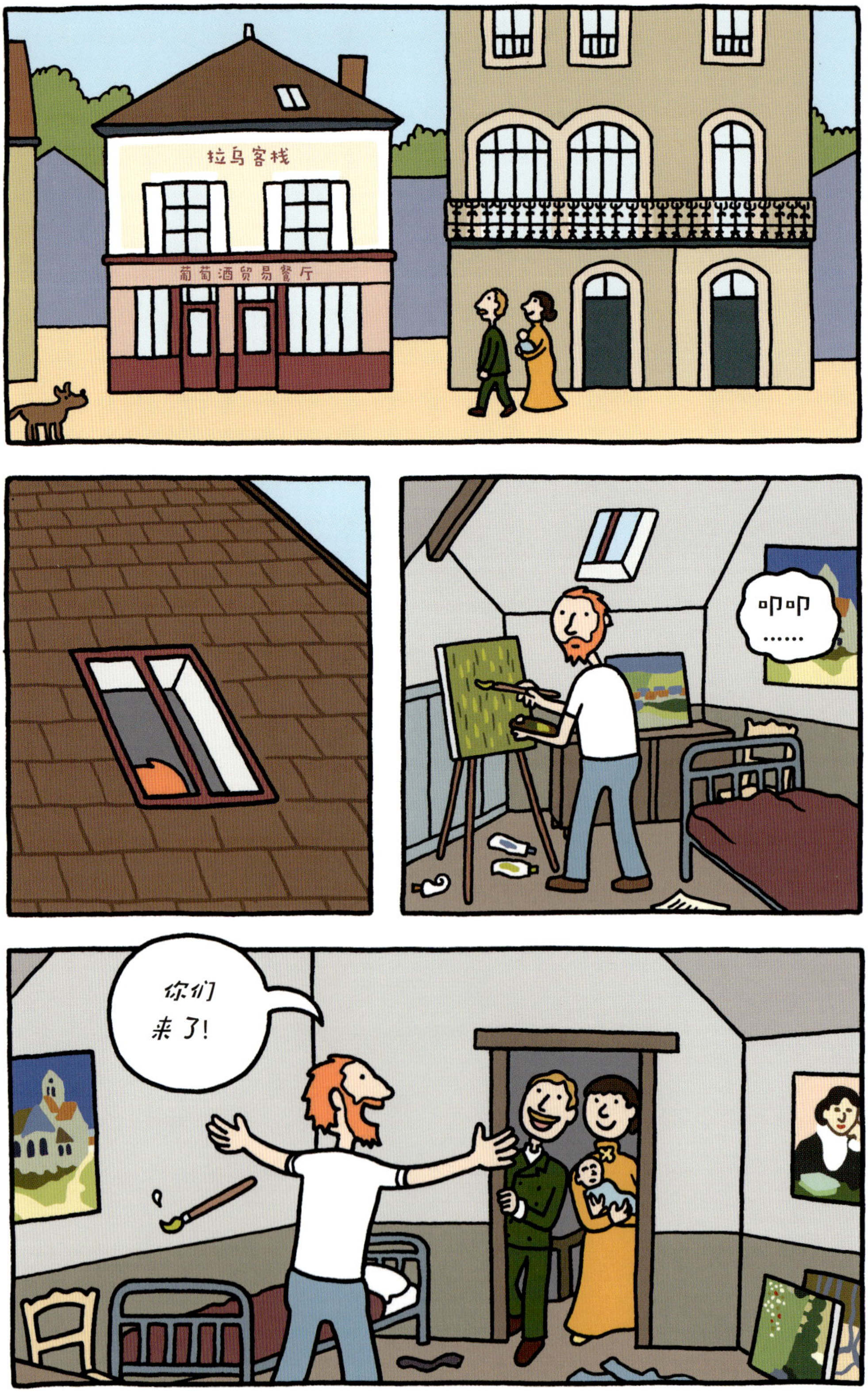
拉乌客栈
葡萄酒贸易餐厅
叩叩……
你们来了!

见到你们真好！
你这房间真温馨。
瞧，这是你伯伯！
小文森特呵！
啊哇呜
哈哈！
你竟然又画了这么多！
真是不可思议！
这和你另外一幅画很像……
……纽南的旧塔。
但这幅画色彩更饱满。
这是这座小镇的教堂。
非常生动，栩栩如生呀。

你以前的画作还不曾这么沉稳呢。
我们的画作。
你也参与了，通过我的画笔。
这幅也很漂亮！
那是我认为最不糟糕的作品之一。
来吧，我们去找加歇医生。
你们应该已经饿了。
葡萄酒餐厅
就在几条街外。
他每个礼拜天为我做饭。

奥维尔真是个不错的小镇。
漂亮吧？
这里的色彩很丰富。
如诗如画的景致，还有古朴的茅草屋顶。
回到北方我很好的。
但在南方我也学到很多哪。
我很高兴你总算没住在那么远的地方了。
譬如说我现在能更好地感知紫色调了。
看看来客是谁？梵高一家人！
你们何不也住在这里？
这里的新鲜空气对小孩子也很好。

我是乔，幸会。
坐吧，找张椅子。
我希望你会喜欢茴香汤。
那你叫什么名字呢，小丑怪？
丑怪？它可是经历了许多磨炼哪！
这是加歇收养的一条流浪狗。
他看起来有点粗蛮……
但他有颗善良的心。
糟糕！
哇哇
喂唷，小文森特！
没事，没事啦！
这小子已经跟他伯伯一样，一身反骨啦！
哈哈哈！
用餐礼仪也一样呢。
哈哈！

你现在的健康状况如何？

我觉得平静，一切正常，但是……

他担心的事情太多了。

在我眼中，他已经痊愈了。

……我不敢指望我的病永远不会复发。

但是，哎，我们应该顺其自然嘛。

我预见一个问题重重的未来，但对此并不悲观。

我经历了顺境和逆境，而不是只有逆境。

让该来的事情到来吧。

我们将会拖犁前行,直到动不了为止。届时我们会带着惊艳之情凝视雏菊、刚犁好的土块、春天的新芽、静谧清朗的夏季蓝天、秋天的厚厚层云、冬天的枯树,还有太阳、月亮和星星。

无论发生什么事,都是属于我们的。

134

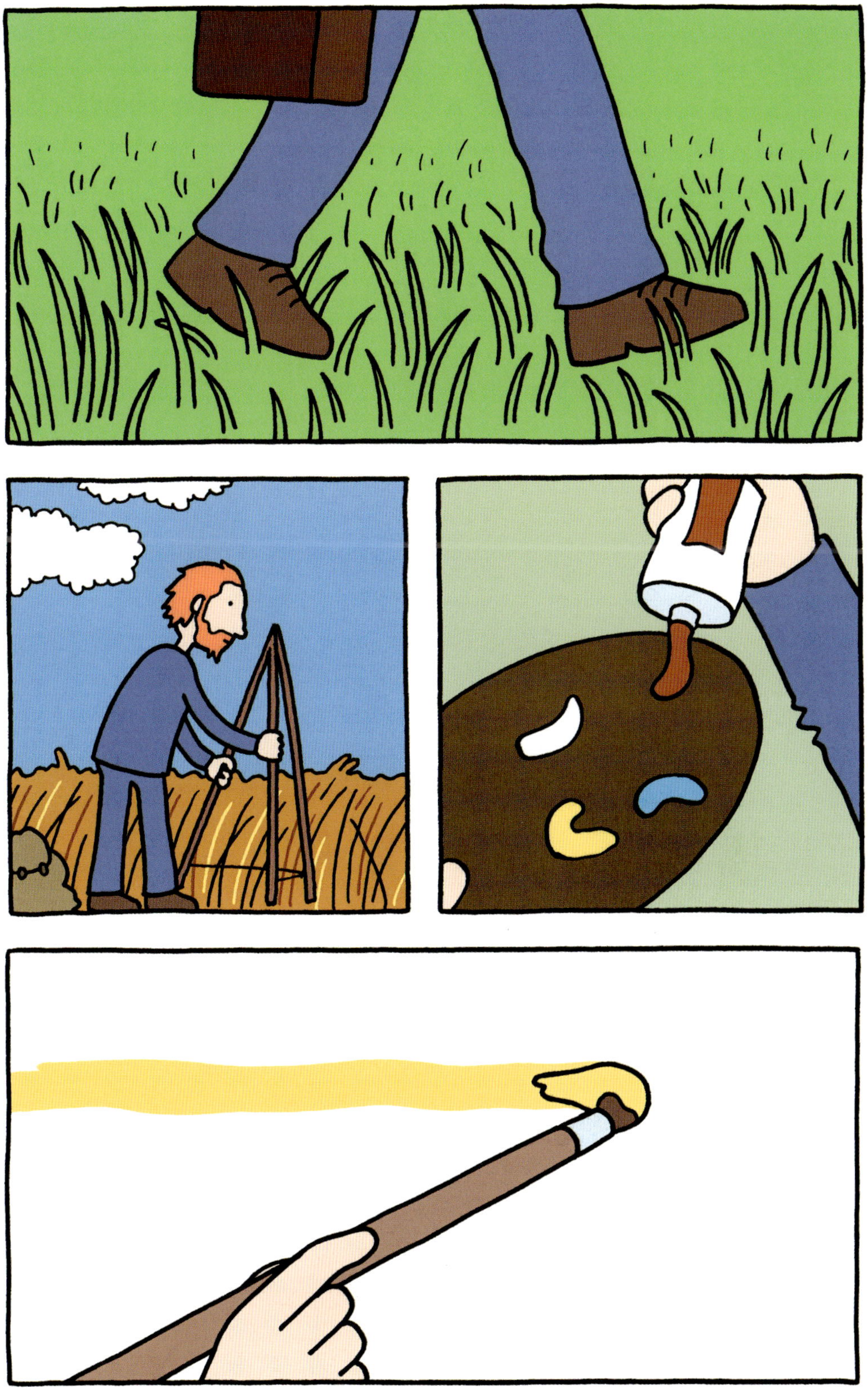

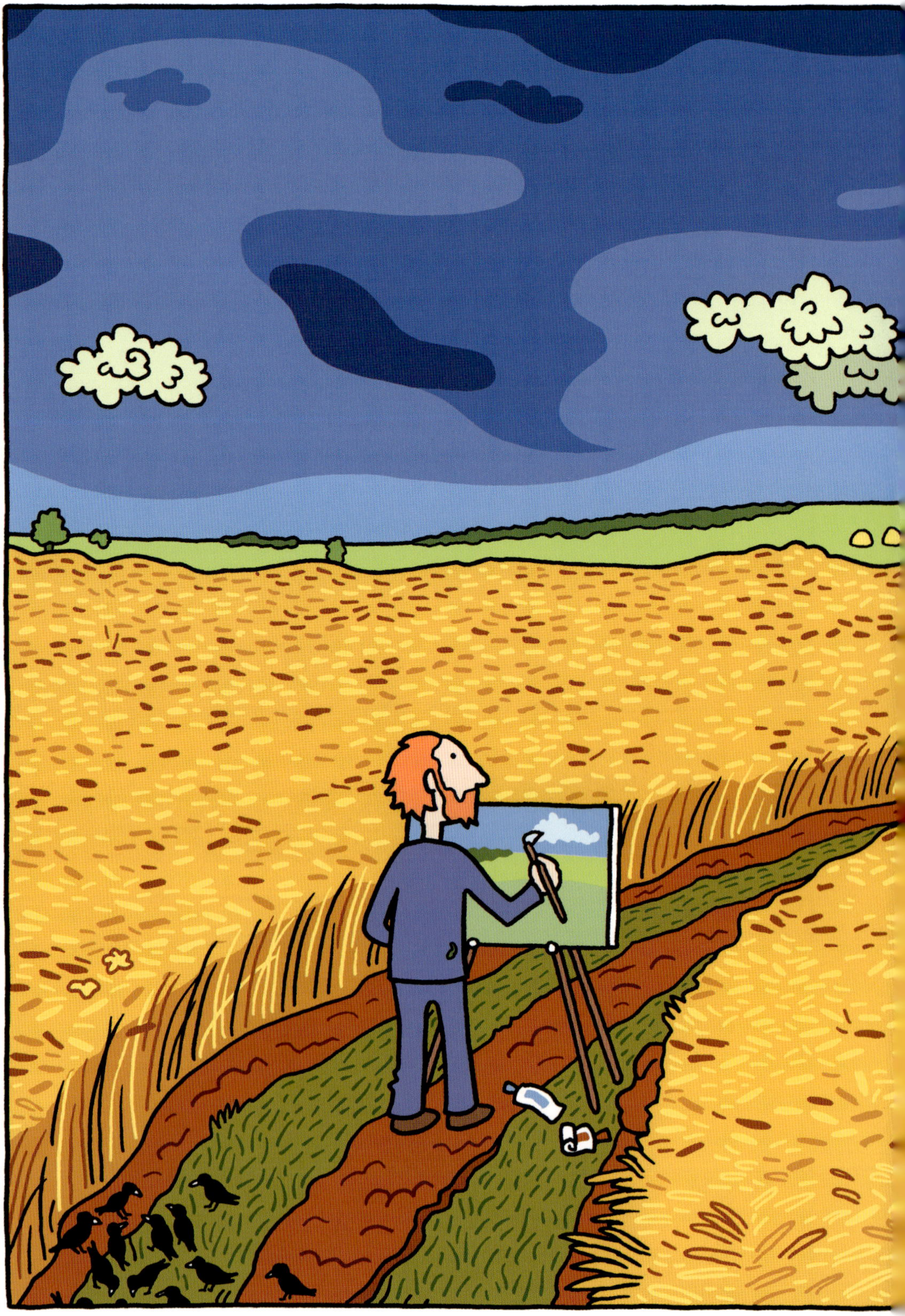

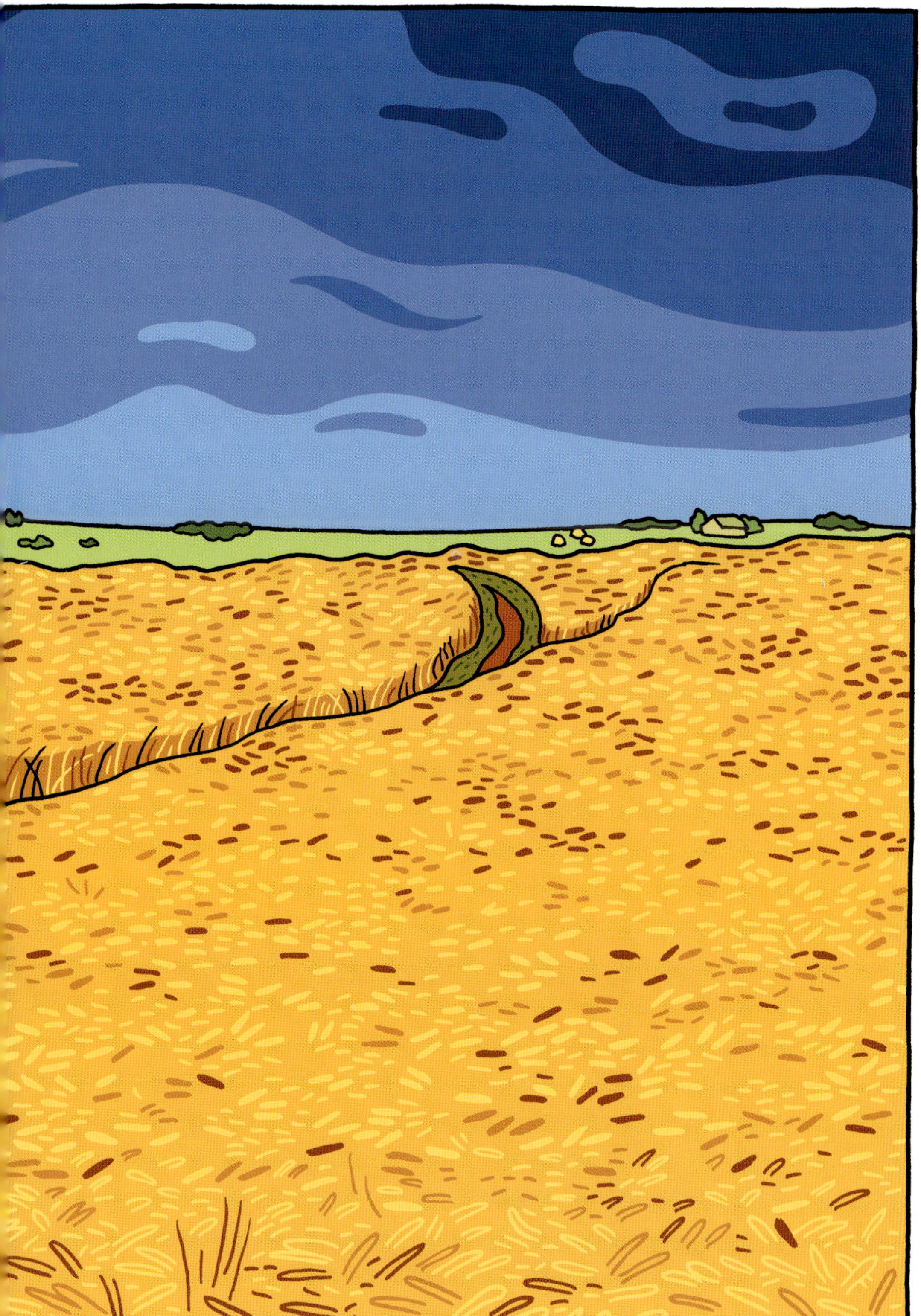

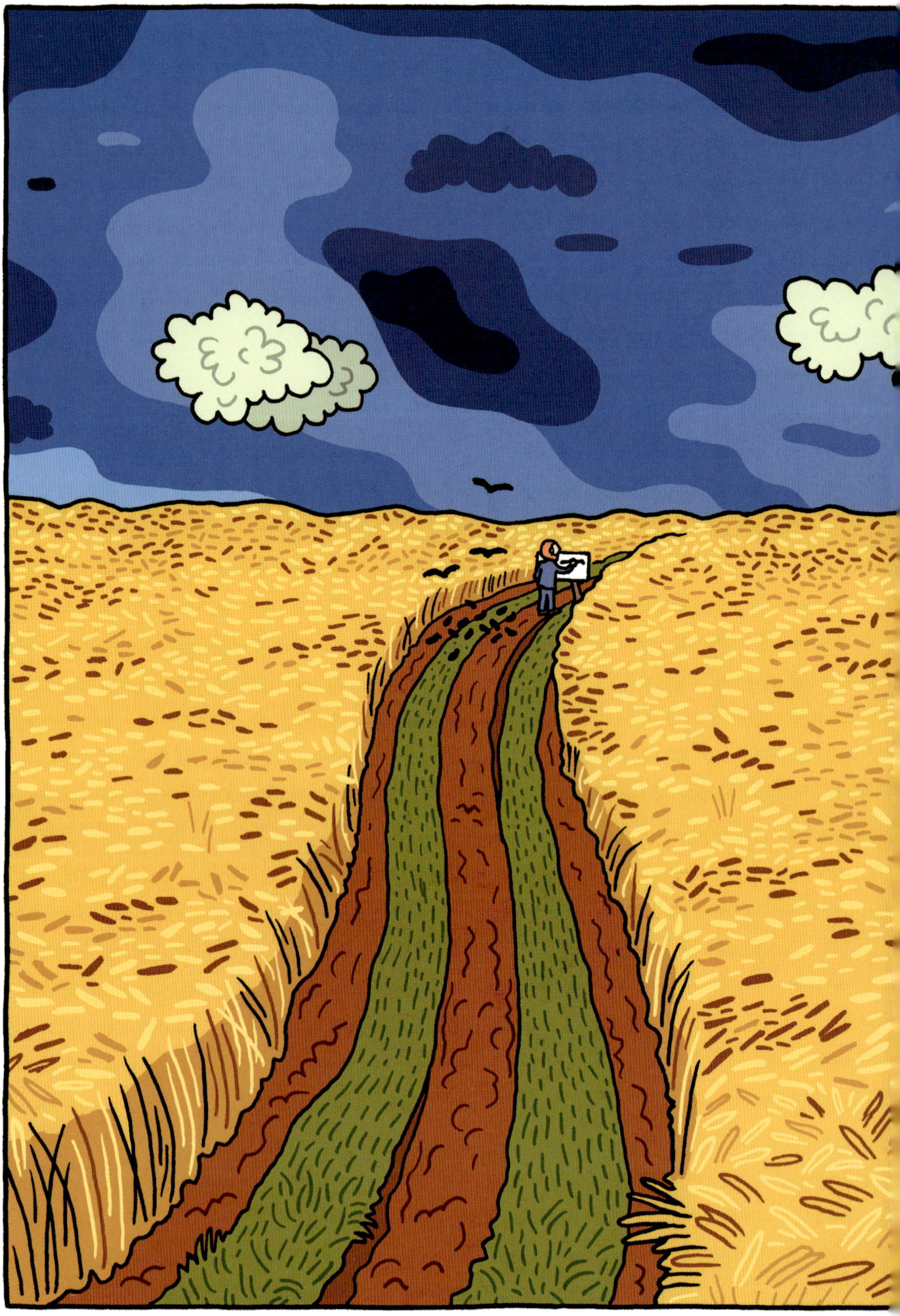

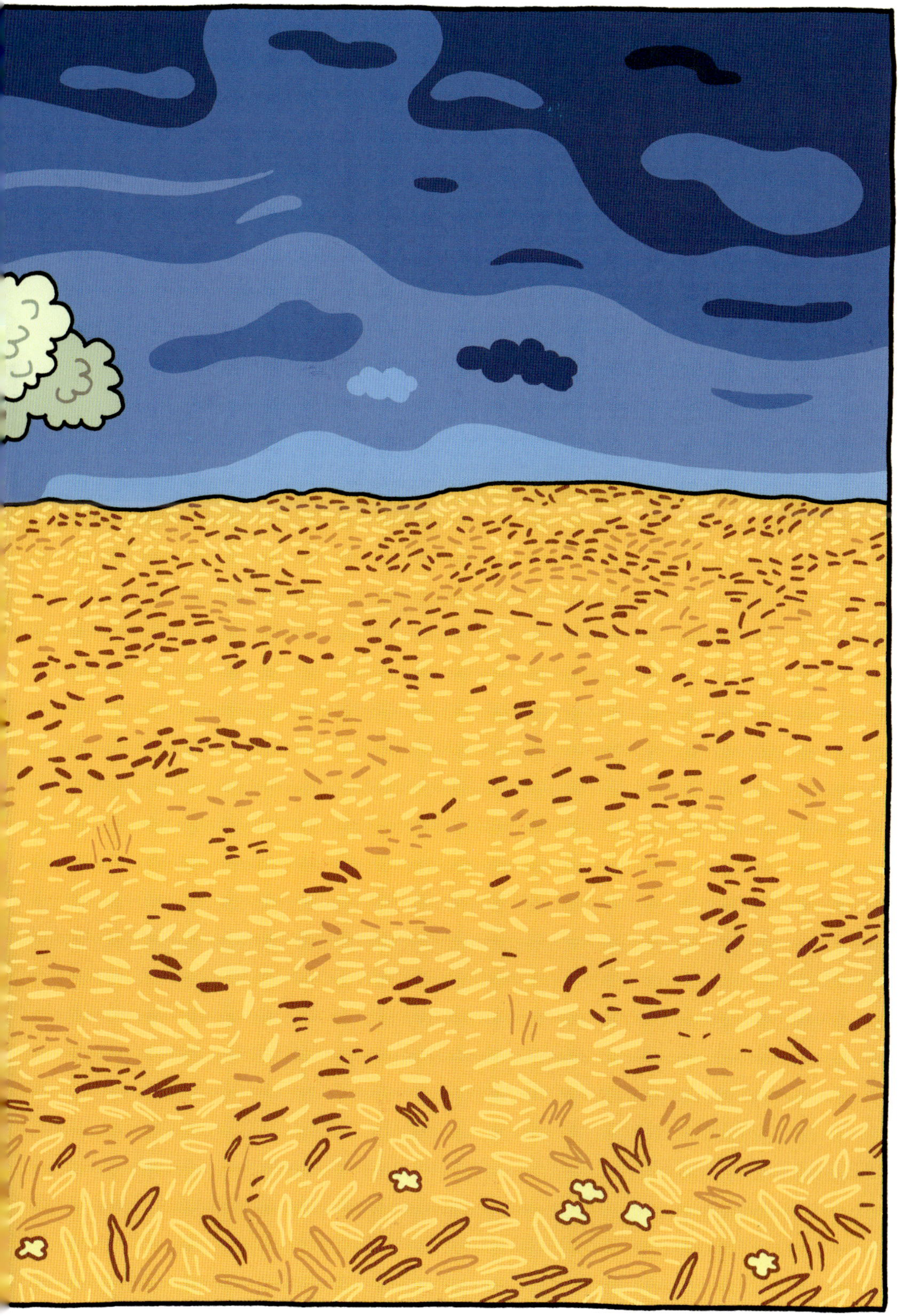

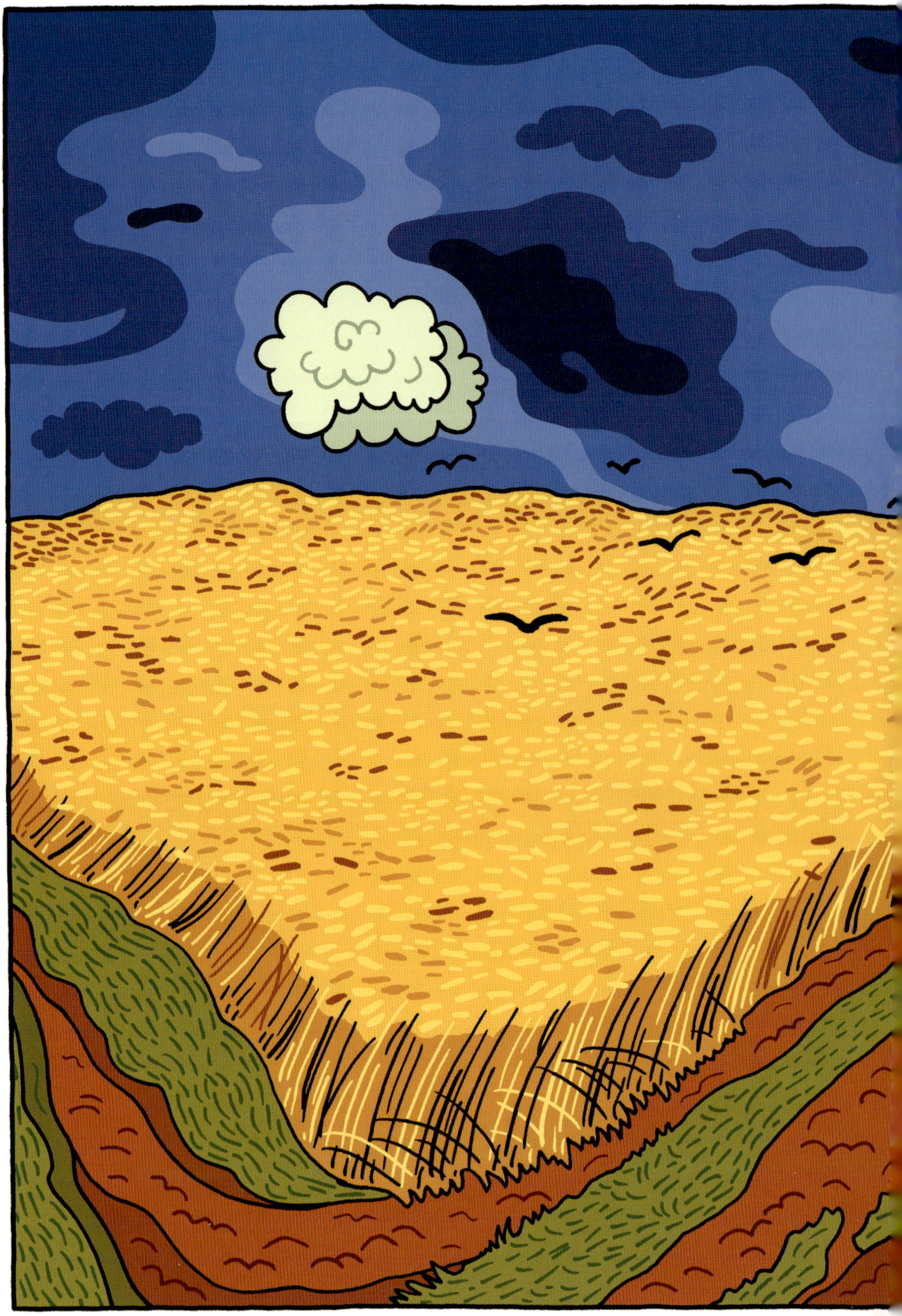

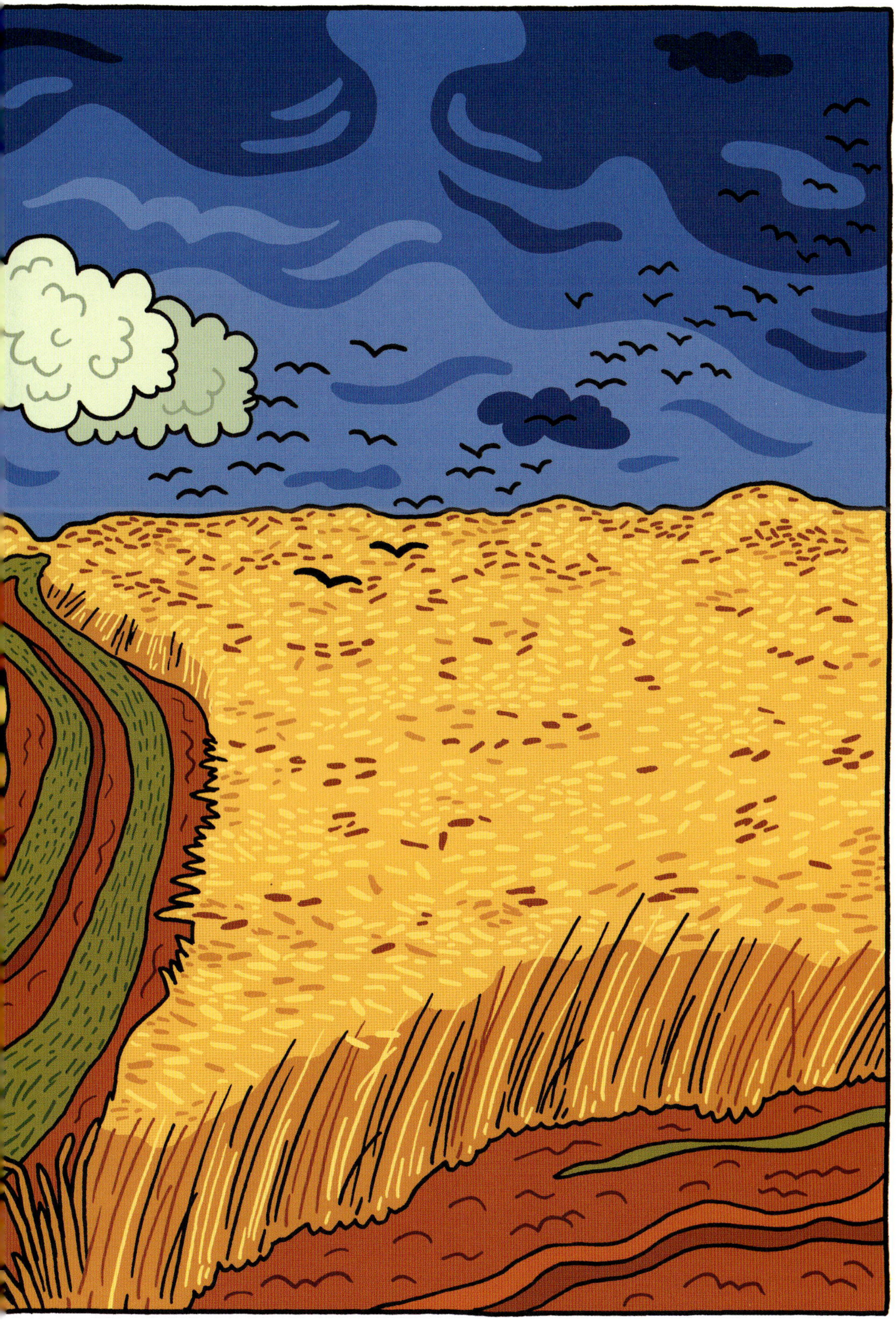

在此安息　　　　在此安息
文森特　　　　　提奥
梵高　　　　　　梵高
1853 – 1890　　　1857 – 1891